ことのは文庫

あやかし屋敷のまやかし夫婦

家守とふしぎな客人たち

住本 優

MICRO MAGAZINE

目次

あやかし屋敷のまやかし夫婦

家守とふしぎな客人たち

第一話　私の旦那様はお家守

——諦《あきら》めることに、慣れていました。
だから、叔父さんや叔母さんに何を言われても、私は頷《うなず》きました。
従姉妹《いとこ》たちとは違い、習い事に通わせてもらえなくても。
おさがりばかりで、新しい服を買ってもらえなくても。
十二歳の時に亡くなった両親のことは、もう思い出すなと言われても。
勉学に励めば。
家事を全てこなせば。
アルバイトのお給料を家に入れれば。
いつか認めてくれるのではないかと、期待していたから。
……大学進学は許さない。そう言われた時も、私は文句を言いませんでした。
けれど、もう十八になったのだから家から出て行けというのには、耐えられなかった。
仕事も、住むところさえない。
このお見合いが成立してもしなくても、私は叔父さんの家を放り出されます。

急に、一人きりで生きていくなんて……今の私にはどう考えても無理です。

ご無礼なことを申し上げているのは、分かっています。

でも、どうか、どうか……。

「――お願いします。なんでもしますから、私をお嫁にしてください」

かこん、と料亭の中庭に置かれたししおどしが鳴った。

その乾いた音が、春の青空に吸い込まれていく。

私はぽろぽろと零《こぼ》れる涙を拭いもせず、ただ今日のために飾り付けられた着物の生地に、雫《しずく》が染みを作っていくのを見ていた。

小さな池にかかった橋の上で、目の前の男の人は立ち尽くしていた。

艶のある黒い髪に、黒縁の眼鏡。身長はすらりと高く、紋付き袴がよく似合っていた。切れ長の瞳は理知的で、鼻梁《びりょう》は筋が通って美しく、計算されたように整った顔立ちだった。

あとは若い二人で、なんて言われて、庭を散策していたらこれだ。私ばかりが空回りして喋って、さらにはいきなり泣き出すなんて。

本当に驚いているのだろう、眼鏡の奥の瞳が大きく見開かれていた。その夜空のような色の瞳に、私のみっともない姿が映っているのを見て、我に返る。

いくら追い詰められて、取り乱していたとはいえ――私は初対面の人になんてことを。

「ご、ごめんなさい……！」

慣れない草履で後ずさりし、私は深々と頭を下げた。着物に合わせて団子に結い上げている髪の飾りが、しゃらりと音を立てる。

「こんな自分勝手なこと……。本当に、ごめんなさい。英《はなぶさ》さんが私と結婚する気なんてないのは、分かっているのに」

ついさっきまでの――お座敷での記憶が甦《よみがえ》る。

私の叔父と、叔父の知り合いの男性が仲人だった。彼らや私がいろいろと話しても、英さんは時折頷くだけだった。このお見合いに乗り気じゃないことはよく分かった。私だってまだ十八歳だが、英さんも二十三歳だという。普通ならばまだ結婚を考える歳じゃない。

「忘れてください、ごめんなさい」

――諦めることには、慣れていた。

ううん、違う。

私はもう――何もかもが、どうでもよくなっていたのだ。

三月の終わりにしては冷たい風が、料亭の敷地を囲う森の方から吹き抜ける。

ししおどしがもう一度鳴ったのを見計らったように、低く耳に心地良い声が響いた。

「七瀬《ななせ》さん」

自己紹介の時に一回だけ聞いた、英さんの声だった。

「……あなたにはこれが視《み》えるんですね？」

私はとっさに顔を上げた。

英さんの紋付きの肩辺りに――猫がいた。

三毛猫がじゃれついて、英さんの頬に鼻をこすりつけている。

その尻尾が付け根から二股に分かれているのを見て、私は頷くのをためらった。


実はお見合いの席に入ってきた時から、英さんの肩にちょこんと猫が乗っていた。私は思わず指を差してしまった。

「あ、あの、肩に猫がいますけど……」

英さんが目を丸くすると同時に、叔父さんがすごい剣幕で怒鳴った。

「真琴《まこと》！　お前はまたそうやって訳の分からんことをッ！」

私は肩を竦《すく》め、顔を青くした。またやってしまった、と思った。


――普通の人には視えないものが、昔から視えた。

普通の、視えない人にとっては、薄気味悪い以外の何物でもない。

だから私は即座に「なんでもありません」と謝ったのだけど……。

今、目の前で、英さんが猫の首の辺りを撫《な》でているのを見て、はっとする。

「まさか……英さんにも？」

「ええ」

英さんは猫の前足がずらしてしまった眼鏡を直し、レンズの奥からじっと私を見つめる。

自分以外に『視える』人と初めて対面した。

ううん……正確に言うと、初めてじゃない。

十二の頃、慣れない親戚の家に来て、冷たく当たられて、泣いていた私に――。

言葉少なだったけど、優しく声を掛けてくれた――年上のお兄さんのことを思い出す。


『……どうしてこんなところで泣いているの?』

家の軒先にしゃがみこみ、声を押し殺して泣く私に、その人はやや戸惑い気味に言った。

通りすがりだけれど、自分のことを気に掛けてくれたのが嬉しくて、余計に涙が出た。

『うっ……ひく、私、が……叔父さんの後ろに女の人の顔が視えるって言ったの。そしたら気持ち悪いことを言うなって……。前も叱られて、気をつけてたのに、でも、私……』

女の人が叔父さんに悪さしないかと気になって、つい警告してしまった。そうしたら叔父さんが『気味が悪い!』と烈火の如く怒って、家をたたき出されてしまったのだ。

泣いてばかりいる私の頭に、優しい重みが乗った。髪を往復する手の動きはぎこちないけれど、心地良かった。

『その顔の特徴は覚えてる?』

『……首だけしかなくて、肌に文字が書いてあった……』

『抜け首かもしれない』

『ぬけくび？』

『ろくろ首というあやかしの一種。頻繁に見ない限り悪さはしない』

それは本の中に出てくる妖怪みたいなものだろうか。

そして私は、奇怪な話を素直に受け入れているお兄さんにびっくりする。お兄さんは真面目な顔をして頷いた。

『俺も視えるから』

お兄さんはほんの少し目元を緩めた。

『君は叔父さんを心配したんだろう。……優しいんだな』

頬を伝う涙がぴたりと止まった。

『さ、立って』

私はお兄さんに手を引かれ、立ち上がった。そして彼は叔父さんに迷子を見つけたフリをして、私を家に帰してくれた――。

私は目の前の英さんを見て、はっと息を呑んだ。年齢はあの男性とほど近い気がする。

まさか……そんな偶然が？　でも『視える』人になんて他に会ったことがない。

私が呆然としていると、英さんは藪《やぶ》から棒に言った。

「――契約として、結婚しませんか」

突然の申し出に、私は二の句が継げなかった。

「それは……その、どういう意味でしょうか……？」

「生活費は俺が出します。来年、大学に進学したいのなら、その学費も。――その代わり、七瀬さんには一緒に家を守ってほしいのです」

「家を……守る？」

「はい」

英さんの返事はそれだけだった。詳しいことは何も教えてくれなかった。けれど、私は言ったのだ。なんでもしますと。

きっと家を守るとは、主婦のように家に入って欲しいということだろう。そうやって見当をつけて、私は一も二もなく頷いた。

「わ……私でよければ」

「お願いします」

英さんが頭を下げるので、私は慌ててぺこぺこと会釈した。尾の分かれた猫が英さんの肩からひらりと地面に降り立ち、にゃあと一つ鳴いた。

それが――二週間前のことだ。

そして今、私は叔父さんの家から遠く離れた――鎌倉《かまくら》は極楽寺《ごくらくじ》というところにいる。

江ノ島《えのしま》電鉄で鎌倉から四駅目。レトロな外観が印象的な駅舎は、関東の駅百選に選ばれているらしい。改札口の大きな桜の木や丸い形の赤ポストが、毎日乗降客を迎えていた。しかし観光の観点から言うと、鎌倉や大仏のある長谷《はせ》と比べるべくもない。ほとんど閑静な住宅地といったところだ。

橋の上から江ノ電が見下ろせる極楽寺トンネルのそばを横切って、坂へ進む。しばらく歩くと、道の向こうに稲村ヶ崎《いなむらがさき》小学校の渡り廊下が見えてくる。そこに行き着く前に、右の枝分かれした小さな坂をまた登る。

山に向かって坂を登り切ったところに、英さんの住んでいるお屋敷があった。古民家というんだろうか。とても広いお家だった。

山の森に囲まれているからか、敷地の中は静かだった。門の中に広がる表庭、そして母屋へと続く石畳の小径《こみち》を行くと、ようやく玄関が見えてくる。

私がここに引っ越してきてから、今日で三日目。

元々、持ち物が少ないせいか、自室の整理も初日で終わった。

なので、私は今、朝から屋敷の表庭を掃き清めているのだった。

四月も半ば、先週まで咲き誇っていた桜は儚《はかな》く散っていた。代わりに新緑が芽生え、その青々とした葉を生い茂らせている。

私は地面に落ちた桜の花びらを掃いていた。白くて小さな花びらは可愛くて、見ていて飽きない。それは地面の砂や泥にまみれても、失われない輝きだった。誇り高く咲き、潔く散った美しい花たち。それを竹箒《たけぼうき》で集める。

一通り、玄関周りを掃除し終えると、母屋の中からぼーんと振り子時計が鳴り、私を呼んだ。

はっとして腕時計を見ると、時刻は七時だった。

そろそろ、朝ご飯の支度をしなければ。

掃除道具を納屋に戻して、母屋に戻る。

昔ながらの広い土間に、今は使われていない竈《かまど》が隅にあった。本当に古い家なのだ。

靴を脱いで、家に上がる。廊下を横切ると、リフォームされた台所に行き着いた。

「よいしょっ、と……」

エプロンを身に着けて、天然のゆるいウェーブを描くセミロングの髪をシュシュでまとめあげる。準備万端、私は早速、朝食の支度に入った。

春キャベツと新たまねぎのお味噌汁が入った小鍋に火をかけ、温める。

その間に、菜の花の辛子和えを小鉢に盛る。

しゃがんで、下の戸棚を開けると、ぬか漬けの壺が鎮座していた。

「どうかな……」

ぬかの中からきゅうりとにんじんを選ぶ。一切れずつ切って、味見。昨日切って漬けたきゅうりはあっさりめ、二日経ったにんじんは良い具合に漬かっている。

「ん、美味しい」

私はうきうきと、お盆に小皿やお椀を並べた。私達夫婦はどちらも朝はそんなに食べる方じゃないので、これぐらいがちょうどいい。

居間の食卓には、すっかり朝食が整った。

「さて、と」

私はエプロンを外して、居間を出た。

板張りの廊下の突き当たりにある階段を上《あが》って、二階へ。

さらに奥へ進み、ぴったりと襖が閉まっている部屋の前で立ち止まる。

「おはようございます、朝ご飯の支度ができました」

「はい」

抑揚のない声が応じる。けどいつまで経っても出てこないので、私はそっと襖を開けた。

そこには昔ながらの文机《ふづくえ》に、文明の利器であるノートパソコンを置き、こめかみを掻いている男性がいた。お見合いの時とは違い、リネンシャツにデニムといったシンプルな格好だ。

パソコンの画面には、縦書きの文字がびっしりと並んでいる。

――そう、英千尋《ちひろ》さんは作家先生なのだ。それも売れっ子の。

十八歳で文壇デビュー、その後もヒットを連発している。らしい。というのも、私が存知上げなかったのだ。本を読むのは好きだけど、あんまり買ってもらえなかったから――。

それはさておき、肝心の筆は進んでいないようだった。点滅するカーソルを睨んで、英さんはそっと溜息をついている。

「あのう、先生……」

英さんの背中がぎくりと強張《こわば》った。肩越しに振り返った表情はしかめられている。

「よしてください」

「えっ、あ……ごめんなさい。お邪魔しちゃって、でも」

朝ご飯が、と言いかけたところで、英さんは首を振った。

「先生、というのはやめてください」

「あ、そっちですか……。ええと、じゃあ、英さん」

「……ずっと思ってたのですが。一応、夫婦なので、名字で呼び合うのはやめませんか」

「それじゃあ、ええと……？」

しばしの沈黙の後、英さんは観念したようにノートパソコンを閉じ、立ち上がった。

「……真琴さん」

初めて下の名前で呼ばれてどきっとする。私は思わず胸の上で手を重ねた。

「あ、はい。ええと……ち、千尋さん」

たとえようのない気まずさが漂う。

英さん――いや、千尋さんは僅かに俯《うつむ》き、眼鏡の弦をくいっと押し上げた。

「朝食の時間でしたね。お待たせしました、行きましょう」

「は、はい。お願いします」

二人、連れ立って、そそくさと部屋を出る。

ちらりと振り返ると、尻尾が二つに分かれた猫――猫又《ねこまた》、というらしい――が、文机の上にいた。聞くと、あのお見合いの日にふらりとこの家に来て、とうとう料亭までくっついてきてしまったのだという。それからというもの、この家にいついてしまった。猫又の首には首輪と小さな鈴がつけられていて、くあっと大きな欠伸《あくび》をした拍子に、ちりん、と鳴った。

「猫ちゃん、すっかり馴染《なじ》んでますね」

「ええ」

「はなぶ……千尋さんのことが好きなんでしょうか」

「さぁ」

「名前ってつけました？」

「いえ」

「つけるとしたら？」

「……たま」

逆に斬新なのかもしれない。何と言っていいか分からず、私はへらりと愛想笑いを返した。

居間は十畳ほどの畳張りの部屋だ。

三方を襖、表庭に面している一方を障子戸で囲まれている。

中央には、横に長い飴色の食卓が鎮座していた。私たちはそれを挟んで座る。

私はお茶碗におひつからご飯をよそって、千尋さんに手渡した。

ほかほかと湯気を立てるお茶碗を受け取る手は、大きくて骨張っている。綺麗な顔をしているし、線は細い方だけれど、やっぱり男の人なんだなぁと思って少し緊張した。

「いただきます」

「……いただきます」

千尋さんに少し遅れて、私ももたもたと手を合わせる。

食卓に並んだ食事は朝日に照らされている。庭からの光が障子戸に薄く透けていた。

時折、お箸と食器が当たる音が響く。それ以外には何もない。私はきゅうりのぬか漬けに伸ばしていた箸を止めて、口を開いた。

「今日はいい天気ですね」

「ええ」

「お洗濯ものがよく乾きそうです」

「そうですね」

千尋さんはお味噌汁を啜《すす》っている。出会った時からそうだったけど、口数が少ない人だ。

――私は食卓の沈黙が苦手だ。

はしたないから食事中は喋らない、それは叔父さんの教育方針だった。けれど、咀嚼《そしゃく》音だけが響く食卓はいつも息が詰まりそうだった。私は昔、両親と囲んだ楽しい食卓が忘れられず、ずっと息苦しい思いをしてきた。

でもそんなことは千尋さんには関係ない。本当は色々聞きたかった。けど、千尋さんはあまり多くを語らず、肝心なことは未だ聞けないままだ。

例えば。

あの時、どうして私を助けてくれたんですか——とか。

「ごちそうさまでした」

気がつくと、千尋さんは朝食を全て平らげていた。最後に湯呑みの中のほうじ茶を飲んでいる。きっと、すぐ書斎へ戻ってしまうだろう。

食べるのが遅い、とよく叔父さんに怒られたことを思い出す。私が一生懸命箸と口を動かしていると、強烈な視線を感じた。——それも二つ。

一人は千尋さんだった。書斎へ取って返すかと思いきや、じっと私が食事をする様子を眺めている。が、私がそれに気づくと、途端に眼鏡を押し上げる仕草をして顔を俯かせた。

そして、もう一つ——。

「え……？」

千尋さんの背後に、小さな女の子がいた。

年端もいかない子だった。黒いロングの髪は艶やかで、白いワンピースの清楚な雰囲気によく似合っている。

女の子は私が気づいた途端、千尋さんににじり寄った。

そして両手の人差し指で鬼の角を彼の頭に作って、いたずらっぽく笑った。

「ぷっ——」

私は思わずお味噌汁を吹きだしそうになって、咽《む》せてしまう。千尋さんはまだ気づいていない様子できょとんとしていた。

「真琴さん?」

「けほっ、ご、ごめんなさい。あの、後ろに……」

千尋さんが振り返ったのを見計らって、女の子は「べろべろばぁ」と茶化してみせる。呆《あっ》気《け》に取られている千尋さんを尻目に、女の子は微笑を残して、朝の空気に溶けて消えた。

「……すみません、真琴さん。驚かせてしまいましたね」

いたずらされた当の本人は涼しい顔だ。私はお茶を口にしながら、首を振った。

「大丈夫です。昔から視てきましたから……。でもここに来てから、多いように思います」

猫又のたまちゃんしかり、さっきの女の子しかり。千尋さんと暮らすようになってから、視えざるもの——総称して『あやかし』と言うらしい——に遭遇する頻度が上がっている気がする。昨日は確か、喋る犬に「おはようございます」と挨拶されたんだっけ。

千尋さんは急須から、自分の湯呑みにお茶を注いだ。

「それは、ここがそういう『家』だからだと思います」

「そういうとは、どういう……?」

「古くから、あやかし達が集う場になっているそうです」

湯呑みを傾けてお茶を飲み、千尋さんは言葉を紡いだ。

「この家には一年前まで、友人が一人で住んでいました。遠原幸壱《とおはらこういち》といいます。彼とは大学時代の四年間を一緒に過ごしました」

「仲がいいんですね。もしかして親友同士ですか?」

千尋さんは珍しく少し目元を緩めた。

「そう言える……と思います。遠原家は代々、このあやかしが集う家を守ってきたそうです。遠原は祖父母から家を継いだと言っていました。それが……その、理由あって長らく不在にするからと、ちょうど引っ越しを検討していた俺に、ここを預けたんです」

「じゃあ、あの『家を守る』というのは――」

「ええ。文字通り、本当の主が留守の間、ここの『家守《いえもり》』をするという意味です」

だから千尋さんは私を選んだんだ。同じあやかしが視える人間だから。

でも『家守』なら、千尋さん一人でもやっていけるように思うけれど……。

私の疑問を見透かしたように、千尋さんは続けた。

「俺は……元来、あやかしに好かれる性質《たち》の人間ではないですから」

「そんなことは……」

たまちゃんもあの女の子も千尋さんに近寄っていたけれど。

それでも、彼の寂しげな表情は変わらない。

「でも遠原は違った。あやかしを慈しんでいました。俺は彼の意を汲《く》んで、なんとかこの家を守っていきたい。……どうか力を貸してください」

頭を下げられ、こちらが恐縮してしまう。どう返して良いか分からずにいると――。

そこへ、部屋の中に一陣の風が吹いた。

窓も襖も閉まっているというのに、私の髪がふわりと揺れる。なんだろうと思って周囲を見回すと、いつの間にか食卓のそばに人影が現れていた。

「んー、実に美味しそうだなぁ。炊きたてのご飯に、菜の花の辛子和えに、ぬか漬け。私も是非ご相伴にあずかりたいね！」

グレーのパンツスーツを着た若い女性だった。背が高くて、脚が長くて、まるでモデルか女優のようだ。さらりと流れるストレートのボブヘアが、端整な顔にクールな格好良さを添えている。

「へ……？」

瞬きの間に現れた女性を一瞬、またあやかしの類かと思った。

けど、黒いビジネスバッグを肩に掛けている姿は、どう見ても勤め人だ。

面食らって動けない私の前を、白魚のような指が横切る。親指と人差し指が小皿の中のにんじんをつまもうとした寸前、千尋さんが硬い口調で遮った。

「狭霧《さぎり》さん。はしたない真似はやめてください」

女性――狭霧さんの動きが止まった。千尋さんは頭痛をこらえるように、こめかみに手を当てている。

「勝手に人の家に上がり込むのも、勘弁してください。こんな朝から何の用ですか」

苦言を呈する千尋さんに向かって、狭霧さんは白い歯を零した。

「これは失敬、失敬。何せあの千尋が結婚したというんだ。担当編集として、是非ともご挨拶しておかねばと思ってね」

私はその『担当編集』という言葉を、耳ざとく掴《つか》まえた。

「もしかして出版社の方ですか？」

「いかにもだよ、可愛らしい新妻さん」

そんなことを言われ、少し気恥ずかしくなる。そんな私の様子を知ってか知らずか、狭霧さんは私に名刺を差し出した。

――『翠碧舎《すいへきしゃ》　文芸部門　第二編集部　狭霧天音《あまね》』と、あった。

「ご丁寧にありがとうございます。はじめまして、私は七瀬……いいえ、英真琴と申します」

「ふふ、慣れてない感じがいかにも初《うぶ》いね」

ハスキーな声で囁かれる。なんだろう、こう……男役の女優さんってこんな感じなんだろうか。なんだか私はどきまぎしてしまい、赤く染まった頬を隠すために俯いた。

「あの……編集者の方って朝早いんですね。お疲れ様です」

「あぁ、家が近所だからね」

「そうなんですか？」

「うん、駅から真っ直ぐ、極楽寺も小学校も抜けた、坂の上さ。出勤前にちょいと寄っただけだよ。会社には顔も出していない。にしても、あぁ、お腹が空いてきたなぁ」

「あ、えと……もし朝ご飯がまだだったら、狭霧さんもご一緒にどうですか？」

「ええ？　いいのかい？　なんだか悪いなぁ」

「……自分から仕向けたでしょう、今」

からからと笑う狭霧さんを、千尋さんが眼鏡の奥からじとっとした目で見ていた。

「うん、美味い！　なんとできた幼妻だ！」

ぬか漬けと共に白米を食べながら狭霧さんがそんなことを言うので、私は思わず咳き込んでしまった。見ると千尋さんも同じように咽せている。

「お、幼妻、ですか？」

「だって真琴くんは未成年だろう？　千尋もなかなか隅に置けないな」

と、狭霧さんは千尋さんの脇腹を小突く。千尋さんはすげなく、その肘を払いのけた。

「のっぴきならない事情があるんです」

「ふぅん、まぁいいだろう。せいぜい愛想を尽かされないようにするんだな。君というやつは本当に朴念仁《ぼくねんじん》で堅物で口下手だからな」

「生来のものです、放っておいてください」

「何を言う、しっかり言葉にしないと伝わらないこともあるんだぜ」

人生の教訓めいたことを言っている間に、狭霧さんは朝食をぺろりと平らげてしまった。

そして満足げに細いお腹をさすると、さっさと立ち上がる。

「さてと、不本意だがそろそろ出勤しようかな。千尋、原稿はメールで送っておいてくれたまえ。あっ、あと続刊のプロットで気になるところがあるから、後から電話で打合せしよう」

「ここには一体、何をしに来たんですか」

「だから言っただろう、君の新妻に挨拶しにきた、と」

狭霧さんは私に向かって片目を瞑《つぶ》ってみせた。

「千尋をよろしく頼むよ。離縁したくなったら私に相談しなさい。必ずや君の力になろう」

「あ、はは……」

「早く社畜に戻ってください」

乾いた愛想笑いを返す私と、つっけんどんな物言いで追い払おうとする千尋さん。狭霧さんは手を振って、すらりと障子戸を開き、縁側の沓脱《くつぬ》ぎ石に揃えてあったパンプスを履くと、そのまま庭から出ていった。

狭霧さんの背中を見送り終えると、私は戸を締めた。

「面白い方ですね」

「いつもああなんです。気にしないでください」

千尋さんは心なしか疲れたように言った。それから食器を片付けようとするので、私は慌てて止めた。

「やっておきますから。千尋さんはお仕事頑張ってください」

「……ええ」

千尋さんは少し眉尻を下げ、食器を食卓に戻した。私が送り出すつもりで微笑みを浮かべると、千尋さんはゆっくりとした足取りで居間を後にした。

玄関から見て、母屋を挟んだ向こうには裏庭がある。

裏庭といっても、車がゆうに五台は駐められそうな程に広い。庭は森に囲まれていて、日光を木の葉がきらきらと透かしていた。

私は物干し竿に洗濯物を干していた。春らしい陽気と少し乾燥した空気は、洗濯物の水気を十分飛ばしてくれるだろう。ぱりっとした服の生地を想像しては、その度に心が弾む。家事は好きだ。やればやるだけ、結果として応えてくれるから。

バスタオルやシーツといった大きな物を干し終える。次は八連ハンガーに服をかけようとした、その時だった。

「――はい、どうぞ」

鈴を転がすような可愛らしい声が足下から響き、私は目を丸くした。

いつのまにか私のそばにあの女の子がいた。今朝、書斎で千尋さんにいたずらをした子だ。春のそよ風が吹いたが、長い黒髪や白いワンピースの裾は揺れない。現実の物理法則とは無縁のような佇《たたず》まい。――あやかしだった。

女の子は私に千尋さんのワイシャツを差し出していた。一応、触ろうと思えば物にも触れるらしい。呆《ほう》けていた私は一拍遅れて、それを受け取る。

「あ、ありがとう」

女の子はにこりと微笑む。その後も彼女は私のお手伝いをしてくれた。阿吽《あうん》の呼吸とでも言うのだろうか、私が次に干したいものを、ぴったり差し出してくれる。

女の子のおかげで作業が早く片付いた。私は洗濯カゴを持ち上げながら、お礼を言った。

「助かっちゃった。本当にありがとう」

私を見上げる表情には変わらぬ微笑みがあった。私が縁側に腰掛けると、女の子もそれにならう。小さな裸足がぶらぶらと揺れていた。

「お名前はなんていうの？」

「さとり」

「私は真琴っていうの。よろしくね」

「よろしく、まこと」

さとりちゃんは弾んだ声で言った。なんだか年の離れた妹ができたようで嬉しかった。

その時――唐突に背後の障子戸がすらりと開いた。

「千尋さん……？」

そこには、やや険しい表情を浮かべた千尋さんが立っていた。

「――あまり、あやかしに名前を教えるものではありません」

さとりちゃんが青い顔をして、私の陰に隠れた。

千尋さんが怒ってる……？　私はぎくりと肩を強張らせる。

「ご、ごめんなさい……」

心臓が早鐘を打ち始めた。誰かの怒気は、いつも叔父さんの胴間声《どうまごえ》を思い起こさせる。

怯える私達を見て、千尋さんは一転、ばつが悪そうに言う。

「いえ……。その子は悪意のあるあやかしではないようですが、そうでない者もいます。名は縛りです。最悪、名を知られたことによって支配されてしまう可能性もあります」

矢継ぎ早に千尋さんは説明する。あやかしと接する上で、よほど大事なことなのかもしれない。あやかしが視えるだけで、そういった『常識』を知らない私は、素直に頷いた。

千尋さんは困ったように私達を見ていた。どうやら注意をしただけで、怒っていたわけではないようだ。それでもどうにも居心地が悪く、私は逃げるように立ち上がった。

「お洗濯が済んだので、次は家のお掃除を済ませてしまいますね」

と、そこまで言って気づく。千尋さんはどうしてここに来たのだろう？

「そういえば……私に何かご用でしたか？」

千尋さんは俯いて、眼鏡の弦をくいっと上げた。

「その……働き過ぎなのでは？」

「え？　あっ、すみません。私がばたばたしてるから、お仕事に集中できませんか？」

一応、二階までは響かないよう注意を払っていた。けど、千尋さんは今まで一人で住んでいたのだし、執筆はさも繊細そうな仕事だ。私が邪魔してしまっているのかもしれない。

「いえ、そうではなくて――」

千尋さんが言いかけた、その時だった。

居間の方からピンポーンと音が響いてきた。玄関のインターホンだ。来客らしい。振り返った千尋さんを制するように、私は先んじて言った。

「私、出てきます」

どんな些事《さじ》でも、千尋さんの手を煩わせるわけにはいかない。だって私は千尋さんに助けられ、生かされているのだから。どんなことでもしなくちゃ。

千尋さんの脇をすり抜けて、廊下を行く。インターホンで応じるより、玄関から門まで行った方が早い。私はぱたぱたと小走りに土間に降りて、玄関を出た。

門の傍《かたわら》に小さな人影があった。

来訪者はなんと、小学校低学年ぐらいの男の子だった。戦隊ヒーローがプリントされたTシャツにカーキ色のハーフパンツを穿いている。髪型は五分刈りで、いかにも活発そうだ。てっきり宅配業者の人かと思っていた私は、少々面食らった。

「あ、えと……英です。こんにちは」

なんだか間の抜けた挨拶をしてしまう。男の子はむすっとして黙り込んでいる。

近くにある稲村ヶ崎小学校の子かな……。でも、そんな子がうちに何の用だろう？　んなぁ、と足下から鳴き声が聞こえた。たまちゃんが男の子のくるぶしあたりに纏《まと》わり付いている。私はたまちゃんを呼びそうになってこらえた。この男の子は——多分、普通の子だ。猫又のたまちゃんが視えてないに違いない。けれど、

「……なんか、この猫が俺をここに連れてきたんだけど」

ぼそり、と男の子はそう言った。私は驚いて目を見開く。この子が視えるの？　と言いそうになってまた口を噤《つぐ》む。子供相手に話をややこしくしてはいけない。

「そう、なんだ……。ええと、うちの猫がごめんなさい」

正確に言うとたまちゃんはペットではないけれど、首輪がついているからそうも言っていられない。私はぺこりと頭を下げる。男の子は不可解そうに首を傾げた。

「なんで謝んだよ？」

……私はとっさに答えられなかった。

ごめんなさい、と私はいつも呼吸をするように言ってしまうから。

男の子はそれ以上踏み込まず、話題を変える。

「この猫、どうして尻尾が二つあんの？」

「そ、そういう種類の猫なの」

「ふぅん」

納得していないのか、男の子は首を捻《ひね》っている。冷や汗をかく私に、男の子は続ける。

「……なぁ、俺と同じくらいの女子見なかった？」

「女子って……お友達？」

「そんなんじゃ……ねえけど。長い髪してて、白いワンピース着てる。いつも一人でいる奴」

急にそう問われて私は弱り果てた。色んな思考がぐるぐる回る。かくれんぼでもしているんだろうか。それとも本当に行方不明とか？　それなら警察に届けた方がいいんじゃないか——と、そこまで考えて、脳裏に閃《ひらめ》くものがあった。

長い髪で白いワンピース。

まさか——さとりちゃん？

猫又が見えるこの子なら、あり得るかもしれない。

「お名前は？」

「……田端岳《たばたがく》」

それはどう考えても彼の名前だった。岳くんに私はもう一度尋ねる。

「その、捜してる女の子の名前……なんだけど」

「……ッ！」

岳くんは自分の間違いに気づいたのか、急に顔を赤くした。この年頃の子ってこんなことでも恥ずかしいんだよね。自分にも覚えがあるからなんともむずがゆい。

「し、知らねえよ、んなこと。別に友達でもなんでもねえし」

そうは言っても捜してはいる、と。

もしかしたら照れているのかもしれない。

私はずっと門を挟んで立ち話をしていることに気づいた。できれば落ち着いて話を聞いてあげたいけど、初対面の子供を、知らない家に招いてもいいものなんだろうか……。下手したら誘拐犯扱いされてしまうかも。そうなっては千尋さんにご迷惑がかかってしまう。

「あのね、岳くん。もしかしたら私、その子を知ってるかもしれない」

「っ、ほんとか？」

「うん、けどその子かどうかは確信がないし……。それに岳くんを中に入れてあげたいのは山々なんだけど、知らない家に上がったら親御さんが心配するかもしれないから、お父さんかお母さんに話してからもう一度来てもらえないかな？」

「そんなの良いよ、別に」

「そ、そうは言っても……」

困っている私のそばにたまちゃんが寄ってきた。一緒に岳くんを説得してくれているつもりなのだろうか、にゃあにゃあと鳴いている。

岳くんは渋々、ハーフパンツのポケットから子供用の携帯を取り出した。どこかに電話をして、二言三言話すと、携帯をぽいっと私に放る。私はわたわたと受け取った。

「わっ、と」

「母ちゃんだよ」

言われて、私は携帯を耳に押し当てた。電話口の相手は本当に岳くんのお母さんだった。事情を話すと、お母さんはしきりに無礼を謝りながら、良ければ岳くんを入れてあげられないだろうか、とお願いしてきた。

『うちの子の……唯一の友達だそうなんです。私は会ったことはないのですが……』

「唯一の……？」

『はい、その、少し気性の荒い子なもので……』

岳くんのお母さんは寂しそうな声でそう言った。私は思わず岳くんを見やった。気難しそうに口をへの字に曲げている。

「分かりました、また何かあったらご連絡差し上げます」

私はお母さんにそう伝えて、電話を切った。

「どうぞ」

がちゃりと門を開ける。岳くんはむすっと言った。

「つべこべ言わず早く開けろよな」

「ご、ごめんなさい」

普通の大人なら怒るのだろうか。私は恐縮してしまったけれど。

でも誰彼構わずこの調子なら、友達があまりいないと言っていたお母さんの言葉にも頷ける。よく見れば腕や足に絆創膏《ばんそうこう》がところどころ貼ってあった。もしかしたらそれだけ学友と喧嘩《けんか》が絶えないのかもしれない。

岳くんを伴って玄関に戻る。土間を上がったところで、何故か千尋さんがうろうろと廊下を行ったり来たりしていた。

「どうしたんですか？」

千尋さんは私の姿を見て、足を止める。そして私の隣にいる岳くんを見て、首を捻った。

「その子供は？」

「ガキ扱いすんな、眼鏡野郎。もう小学校にも行ってんだぜ、俺は」

いきり立つ岳くんに、千尋さんは呆気に取られている。私はぺこぺこと頭を下げた。

「ええと、この子がさっきのお客さんです。その……いろいろと事情がありまして。勝手に家に上げてしまってごめんなさい」

「だから、なんで姉ちゃんが謝んだよ。こいつにＤＶＤでもされてんの？」

岳くんがとんでもないことを言い出した。正確には違うけど、言わんとしていることは分かる。今の小学生って何でも知ってるんだな……じゃなくて。

私は恐る恐る、千尋さんを見やった。千尋さんは苦虫を噛みつぶしたような顔で、岳くんを睨んでいる。板挟み状態になった私は肩を縮こまらせた。

「真琴さん。それで……その子供はここに何の用事が？」

「たまちゃんに誘われて、この家に来たらしくて。お友達を捜しているらしいんです。その特徴がさとりちゃんに似ている気がして」

言外にこの子が『視える』人間なのだと、千尋さんに伝える。千尋さんは眼鏡の奥から不審そうに岳くんを見ていたが、やがて言った。

「さとりならどこかに行ってしまいましたが」

「ちぇ、なんだよ、いねーのかよ。姉ちゃん、役に立たねえな」

岳くんはむすっと頬を膨らませている。反射的に「ごめんなさい」と言いかけた私を遮るように、千尋さんが釘を刺した。

「ここまでしてもらっておいて、それはないだろう」

「んだよ。本当のことを言っただけだろ」

「礼を言われるならともかく、文句を言われる筋合いは真琴さんにはない」

「小難しいことばっか言ってると、ハゲんぞ、おっさん」

「……あんまり大人を怒らせるな」

「ま、待ってください、二人ともっ」

　バチバチと見えない火花を散らす二人を見かねて、割って入る。岳くんは確かに生意気っ子だけど、千尋さんもちょっと大人げない……。なんて、口が裂けても言えないけれど。

「と、とにかくさとりちゃんを捜しましょう。まだ家の中にいるかもしれませんし」

「どこだ？　どこにいるんだ？」

　岳くんがきょろきょろと辺りを見回す。

　とりあえず岳くんに上がってもらっている間に、千尋さんがくるりとこちらに背を向けた。きっと書斎に戻るのだろう。

「あ、千尋さん、ごめんなさい。お仕事、頑張ってください」

「……いえ、さとりを捜してきます」

　きょとんとしていると、千尋さんは肩越しに振り返った。

「俺がここの『家守』ですから」

そう言ってすたすたと廊下の奥へ行ってしまう。岳くんはしきりに首を捻っていた。

「あのおっさんの言ってることよく分かんねー」

おっさんって……。小学生から見たら二十三歳はそうなるのだろうか。もしかして私もおばさんなんだろうか……なんて、私は肩を落とした。


応接室は、廊下を挟んで居間の向かいにある。

このお屋敷の中では唯一洋風の造りで、瀟洒《しょうしゃ》な猫足のテーブルに、二人がけのソファが並んでいた。ソファにどっかと座った岳くんに私が緑茶を出すと、開口一番こう言われた。

「これ、苦ぇから嫌い」

「う、ごめんなさい……」

それでも一緒に出したクッキーは気に入ってくれたようで、ぱくぱくと食べていた。

しかし、待てど暮らせど、千尋さんはなかなか来なかった。

「私も捜してくるね」

私は岳くんに一言断って、応接室を出た。

廊下の左右を見渡す。それらしい姿は見当たらなかった。もしかしたら二階にいるのかもしれない。私は廊下の角を曲がって、階段を上っていった。

私の部屋と空き部屋を覗《のぞ》いたけれど、いなかった。千尋さんの寝室と書斎には勝手に入るわけにはいかない。どうしたものかと思っていると、階下から千尋さんが上がってきた。

「どこにもいません。真琴さん、すみませんが、一階を捜してもらえませんか？」

「あ……はい。でも、千尋さんがすでに見られたのでは？」

「俺は避けられているかもしれません」

それはさっき『名前を教えるな』と凄んだからだろうか。さとりちゃんも少し怯えていたし。でもそれだけで……？

私が少し不思議そうな顔をしていたからだろうか、千尋さんは言い加えようとした。

「多分、さっき俺の正体がばれたんでしょう」

「正体……？」

「ええ、その――」

そこへ、階下から大声が響いた。

「――お前、いままでどこにいたんだよッ！」

岳くんだ。私と千尋さんは顔を見合わせ、急いで階段を降りて行った。

応接室に飛び込むと、さとりちゃんに詰め寄っている岳くんがいた。さとりちゃんは泣き出しそうな顔をしている。千尋さんが慌てて二人の間に割って入った。

「やめろ」

「なにすんだよ、おっさん！」

その呼び方に、千尋さんは一瞬ぴくりと肩を跳ね上げさせたものの、失言は不問に付すことにしたらしく、岳くんをソファに無理矢理座らせた。

さとりちゃんは私を見つけて、走り寄ってきた。そのまま私の背後に隠れてしまう。

「がく……」

弱々しく岳くんを呼ぶさとりちゃん。千尋さんの陰から、さとりちゃんに向かって岳くんが気色ばむ。

「なんで俺から逃げるんだよ。お前まで……俺をバカにしてんのか!?」

やっぱり岳くんが捜していたのは、さとりちゃんだったらしい。

私の後ろで、さとりちゃんは大きな瞳に涙を浮かべて、岳くんをじっと見つめている。

「……あっ、ちくしょう、どこに消えた!?」

突然、岳くんがそんなことを言い出した。忙しく首を左右に巡らせている。私はその光景に目を丸くする。だって……さとりちゃんは私のそばから一歩も動いていないのに。

「バカ……バカヤロウ！　お前も俺から逃げんのかよ」

「がく、ちがう」

さとりちゃんは小刻みに首を震わせるが、岳くんにその言葉は届かない。

「もうお前なんか大嫌いだ、絶交だ！」

岳くんはポケットをまさぐると、細かい何かを床に投げつけた。それはきらきらと光る石だったり、王冠形の瓶の蓋だったり、透き通ったビー玉だったりした。

かすかに涙を浮かべながら、岳くんは私の脇を通り抜けて走り去った。

すぐ近くにさとりちゃんがいることにも気づかずに——。

「どういうこと……？」

思わず呟く。見るとさとりちゃんは深く俯き、長い髪をだらりと下げていた。髪に遮られて表情が読み取れない。一抹の不安を感じて、彼女の華奢《きゃしゃ》な肩に手を伸ばす。

「さとりちゃん……？」

さとりちゃんの姿は空気に溶けるようにして消えた。今度こそ、私にも見えなくなった。

千尋さんは岳くんの叩きつけた物を、一つ一つ拾い上げている。

「今、千尋さんにはさとりちゃんが視えますか？」

「いえ、自ら姿を消したようです」

「でも、岳くんはその前に視えなくなってしまったようでした……」

最後にビー玉を拾い上げると、千尋さんは口を閉ざした。いつものように眼鏡のブリッジを押し上げ、じっと手の中の物を見つめていた。


午前中の騒動が嘘のように、午後は穏やかに時間が流れていった。

私の働きに応じるように、家の中はぴかぴかに輝き、洗濯物は気持ちよく乾いた。

洗濯物を取り込んで、縁側で畳む。日は傾き、森の木々の向こう側へと沈んでいく。茜色《あかね》の景色の中、私はさとりちゃんの姿をなんとなしに捜した。

森の中にも、裏庭のどこにも、さとりちゃんはいなかった。私は出来心で縁の下を覗き込もうとして、あやうく頭から下へ落ちそうになった。

「うう、ばかみたい……」

一人、羞恥心にかられていると、縁側の柱の裏から、小さな苦笑が聞こえて来た。思わず漏れてしまった、というような声だった。私は急いでそちらに視線を巡らせる。思った通り、艶やかな黒髪と白いワンピースが見えた。

「さとりちゃん」

さとりちゃんは柱の陰からちらりと私を見つめてきた。そっと怖がられないように、私が慎重に手招きすると、さとりちゃんはおずおずと柱の陰から出てきた。

そうしてちょこんと私の隣に座ってくれる。私は朝と同じようにさとりちゃんといられることが嬉しかった。

「急に姿が見えなくなっちゃったから、心配しちゃった。大丈夫？」

「だいじょうぶ」

「そっか、良かった。さっきはその……びっくりしたよね、ごめんなさい」

さとりちゃんはワンピースの裾をぎゅっと握って答えない。

岳くんのことを詳しく聞くのは、まだよしたほうが良さそうだ。

私は何も語らず洗濯物を畳んだ。さとりちゃんはまた手伝ってくれた。最初から知っているかのように、私の畳み方とまったく一緒にしてくれた。

ほとんど畳み終えた頃、さとりちゃんが口を開いた。

「がく、は」

さとりちゃんの長い睫《まつげ》が伏せられ、淡い影を目に落とす。

「ひとりぼっちだったの。わたしといっしょ」

「だから……お友達に？」

「そのつもりだった」

白いタオルを二つに折りながら、さとりちゃんは続ける。

「けど、さいきんがくのこころがわからなくなっちゃった」

「こころ……？」

「かんがえてること」

確かに岳くんは意地っ張りで、素直じゃない。あれではすれ違いを招くというものだ。

それでも――さとりちゃんのことを捜しに来た。彼女を大切に思っている……はずだ。

「わたしがあげたものぜんぶすてた」

それはきっと昼間、岳くんがぶちまけた物たちのことを言っているのだろう。

――大嫌いだ、絶交だ、とも叫んでいた。

「がくのきもち、さいしょはわかってたのに。いまはもうほとんどわからないの」

少し妙な話だな、と思った。

普通なら付き合いが長くなるにつれて、相手の気持ちをなんとなく察することができるようになるものじゃないのかな。言葉がなくとも思いが通じ合う——というか。

「どうしてかな、まことのことはわかるのに」

「え？」

さとりちゃんがくるりとこちらを振り向いた。

その目は瞬きもせず、見開かれている。言い知れぬ迫力に、私は鼻白んだ。

「まことは」

夕暮れの中、さとりちゃんの声だけが響く。

「あのひとがこわい？」

さとりちゃんが言う『あのひと』——それは言うまでもない。

脳裏にはすぐ、眼鏡越しの視線が浮かんだ。

さとりちゃんの澄み渡った黒い双眸《そうぼう》が、私をじっと見透かしている。

この瞳に嘘はつけないのだと、本能で悟った。

「……怖い、のかな。よく分からない」

「でもここにしかいられない」

「そう……。そうだね」

「おじさんがひどいひとだから」

今度こそ、痛いぐらいに心臓が鳴った。

春の日はまだ冬の名残のように早々と沈み、黄昏《たそがれ》色が森を暗く支配し始めた。

さとりちゃんの目は爛々《らんらん》と輝いている。その光はいつのまにか、赤みを帯びていた。

どうして知っているの、とは聞かなかった。

――あやかし。

人、ならざるもの。

その意味を、私は――今になって思い知る。

「まことはおじさんがきらいなんだね」

「それは……」

「にくいんだ」

「ち、違う――」

「すてられたから」

「やめて……」

「こんどもすてられるんじゃないかっておびえてる」

さとりちゃんの瞳が、どんどん赤く染まっていく。

「――『あのひと』に」

「いやっ！」

私は深く俯いて、耳を塞いだ。

途端、さとりちゃんの目が元の黒い色に染まる。涙ぐむ私を見て、さとりちゃんの方が深く傷ついたような表情をしていた。すうっとその姿が黄昏に透けていく。

そこへ、障子戸が大きな音を立てて開かれた。

「――真琴さん！」

慌てた様子で縁側に飛び込んできたのは、千尋さんだった。走ってきたのか肩を荒く上下させている。千尋さんは眼鏡の奥から、素早く周囲に視線を走らせる。

「さとりがいましたか？」

「は、はい……あの、ごめんなさい。大きな声を出して――」

「こっちに来てください」

千尋さんは畳みかけの洗濯物をまとめて持ち上げた。私はおろおろと立ち上がる。

「あ、私が持ちま――」

「これぐらいはします。それよりも早く中へ」

私は半ば急《せ》き立てられるように、縁側に続く板間を抜け、部屋と入った。応接間に面した、神棚のある間だった。

千尋さんが部屋の照明を点《つ》けると、なんだか急に足の力が抜けてしまった。へなへなと座り込む私の肩を、千尋さんが支えてくれる。

「大丈夫ですか？」

「ご、ごめんなさい……」

立てなくなってしまった私に合わせるように、千尋さんは洗濯物を置いて、その場に座った。向かい合った私へ、千尋さんは懇々と言い聞かせる。

「黄昏時は、別名『逢魔が時《おうまがとき》』といいます。あやかしがその本性を現しやすい時間帯でもありますから、気をつけてください」

「あやかしの、本性……」

「あれは『さとり』というあやかしです。覚える、と書いて『覚《さとり》』です」

覚……。それが、さとりちゃんの正体──。

「覚は人の心を読むことができます。その人が気づいていない、心の奥深くまで入り込む」

確かにさとりちゃんには私の心が分かっているようだった。洗濯物を絶妙なタイミングで差し出してくれたり、私とまったく同じたたみ方をしてくれたり。

それで……私の心の内を読んであんなことを。

──『こんどもすてられるんじゃないかっておびえてる』──

さとりちゃんの言葉を思い出し、私はきつく目を瞑った。

千尋さんは私の傍を離れると、再び縁側に舞い戻った。周囲を油断なく見回すと、深い溜息をつく。

「さとりがいません。おそらくこの家のどこにも」

「えっ──」

脳裏に浮かぶのはさとりちゃんが消える直前に見せた、悲哀の表情だった。私はさっきの恐怖を押し殺し、立ち上がる。

「ごめんなさい、私がうまく話を聞いてあげられなかったから……。捜しに行かなきゃ」

ここは――千尋さんが守っている『家』はあやかしが憩い、集う場だという。

さとりちゃんは岳くんとの関係に思い悩み、助けを求めに来たのではないか。

私は千尋さんと一緒にこの『家』を守るためにここにいる。

なら、さとりちゃんのことも放ってはおけない。

千尋さんはしばし黙考していた。やがてくいっと眼鏡を上げると、私にこう言った。

「少し支度をしてきます。玄関で待っていてください」

「は、はい」

裏庭の暗がりが視界に映る。

逢魔が時。人ならざるあやかしの本性が暴かれる、時――。

「心配しないでください。真琴さんは俺が守ります」

再び膨らみつつあった、私の恐怖を拭い去るように、千尋さんはそう断言して部屋を出て行った。私はきょとんとしてその背中を見送った。


言われたとおり、玄関前の土間で待っていると、千尋さんがやってきた。

その格好を見て、私は思わず目を瞬かせた。

濃い紫色の着物姿だった。羽織までが同じ色で、このまま外に出れば夕闇に溶けてしまいそうだ。紫という色のせいだろうか。お見合いの時に着ていた紋付き袴よりも、さらに高貴な印象だった。足下も白い足袋に赤い鼻緒の草履を履いている。手には黒い手甲をつけていた。

あまりにも堂に入った佇まいを、私は呆けたように見つめていた。

「……あまり凝視されると、困ります」

頬を掻きながら、千尋さんは落ち着きなく視線を泳がせた。私ははっとして俯いた。

「すみません、お着替えされるとは思わなくて」

「念のため、です。行きましょう」

その言葉の意味は分からなかった。

すたすたを玄関を出て行ってしまう千尋さんに置いていかれまいと、ついていく。私はその羽織の背中に大きな星形がうっすらと透かされているのに気づいた。小学生の頃よくノートの片隅に落書きしていたような、一筆で書ける星だった。

門まで出ると、外灯に照らされた人影が見えた。今まさに、門を開けようとしていた狭霧さんだった。

「やあやあ、こんばんは。仕事が終わったので夕飯でも一緒にどうかなと――おや？」

狭霧さんは千尋さんの格好を見て、器用に片眉を跳ね上げた。千尋さんは門を開けながら、深々と嘆息する。

「またたかりに来たんでしょう。残念ながら夕飯はまだです」

「ふむ、そのようだね。何か『事』が起きたかい？」

「そうならないことを願ってますが。……丁度良かった、手伝ってください。この山ならあなたの方が鼻が利くでしょう」

手伝ってください、ということは……狭霧さんも、もしかしてあやかしが視える人なんだろうか？　私が両者を見比べていると、狭霧さんは肩を竦めた。

「鼻が利くって君ね、犬じゃないんだから」

「中国では『天の犬』だそうですよ」

「私は純日本製だ。――時に真琴くん、夕飯のメニューはなんだい？」

完全に置いてけぼりにされていた私は、急に話を振られて驚く。

「あっ、えと、肉じゃがです。新じゃがとさやえんどうが旬なので……」

「いいね、乗った。助太刀しようじゃないか」

狭霧さんも手伝ってくれるらしい。人の手は多い方が良かったから、助かった。

「さてなにか縁《ゆかり》の品はあるかい？」

「これです」

千尋さんが差し出したのは、岳くんが置いていったビー玉だった。

鼻が利くと千尋さんが言っていたので、警察犬のように匂いを嗅ぐのかと思いきや、狭霧さんはビー玉をじっと見るだけだ。

「なるほどなるほど。ふーむ、近いな。ここから少し坂を下ったところだね。ああ、熊野新《くまのしん》宮《ぐう》あたりかな。二人とも、そこにいる」

「分かりました」

千尋さんは足早に坂を下っていった。狭霧さんも脚が長くて歩幅が大きい。私は走ってついていくのに精一杯だ。どうして狭霧さんには事情や二人の居場所が分かったんだろう、という疑問も今は置き去りにする。

「さとりちゃんと岳くんは一緒にいるんですね」

「ええ、あの少年の身が危ないかもしれない」

まさか、さとりちゃんが岳くんに危害を……？

「でも覚は人の心を読むだけのあやかしじゃ？」

「それだけではありません。さっき……真琴さんも体験したでしょう」

次々と――心の内が暴かれていく様を思い出し、私は背筋を震わせる。

千尋さんは申し訳なさそうに言った。

「思い出させてすみません。しかしそれが覚の本性なのです。相手の心を読み、言い当て、思考を奪い――心を奪う。少年はさとりに名前を知られてしまっていた。真琴さんと同じく危険です」

「でもさとりちゃんは……あの子はそんな悪い子には見えません……！」

「性格は関係ありません。たとえ普段は善性でも、あやかしは本性――本能には逆らえない時があるのです。特にこういった逢魔が時は」

そんな。じゃあ、さとりちゃんは自分の意思とは関係なく……岳くんに危害を加えてしまうかもしれない？

「止めなきゃ……！」

私は走る速度を上げる。

薄暗がりに三人分の足音が響く。それほど夜は深くないのに、何故か人気がない。

やがて坂の中程にある地元の神社に辿り着いた。狭霧さんが言っていた『熊野新宮』だ。

小さな鳥居に短い参道、手水場《ちょうずば》、そして一番奥に拝殿がそびえている。

私達三人は拝殿の前で、二人の姿を見つけた。

「──なんだよ、今更！」

賽銭箱《さいせんばこ》を挟んで二人は睨み合っている。岳くんはさとりちゃんへ威嚇するように吼《ほ》えた。

その鋭い視線の先には、華奢な肩を自らの腕で抱きしめているさとりちゃんがいる。

その瞳は先ほどと同じく、うっすらと赤みを帯びていた。

「ちがう、きいて、がく」

「お前は……お前だけは、俺のこと分かってくれると思ったのに！」

岳くんから鋭い言葉を浴びせられるたびに、さとりちゃんは小さな体を震わせる。私はたまらず前へ進み出た。

「岳くん、さとりちゃん！」

さとりちゃんを睨み付けていた岳くんは、ようやく私達の存在に気づいたようだった。険しい表情をさらに歪《ゆが》めて、叫ぶ。

「なんだよ、お前ら。来んなよ！」

その顔は今にも泣き出しそうで、見ているこっちが辛かった。

きっと二人はすれ違っているだけだ。本当はお互いを大切に思っている。

だからこそ、岳くんはさとりちゃんを捜していたのだから。

けど――。

どうして、さとりちゃんにはそれが分からないんだろう？

覚は人の心が読めるはずじゃ……？

「がく、おねがい。もうじかんがない」

「はぁ？　どういう意味だよ、分かんねーよ！」

岳くんは大きく片手を横に振り、さとりちゃんを拒絶する。

私の隣でざりっと草履が地面を擦る音が鳴った。

「――君には、もうじき覚が視えなくなる」

忠告めいた口調でそう言ったのは千尋さんだった。

突然の宣告に、岳くんは眉根を寄せた。

「見えなくなる……？　何、言って」

「幼い頃にだけあやかしが視えるというのはよくある話だ。君はもう、幼子の域を脱し始めている」

私は日中の応接間での一幕を思い出した。

突然、さとりちゃんの姿を見失った岳くん。

あれは――そういうことだったんだ。

「あやかしとの縁が切れかかれば、覚の能力も及ばなくなる。心が読めなくなったのは……さとりが君の心を分かってくれなくなったのは、そのためだ」

岳くんは千尋さんの言葉に、困惑したようにゆるく首を振った。

「なんで……どうして。せっかく、俺にも友達が……」

その先の言葉は続かなかった。岳くんは拳を握りしめ、ぎりっと奥歯を噛み締める。

岳くんの鋭い視線は、さとりちゃんを突き刺していた。

「お前も結局、俺を一人にするんだ！　やっぱりお前なんか大嫌いだ！」

ぱっと涙の雫が散る。


「お前なんか――さっさと、消えちまえ！」


逢魔が時の薄闇が支配する境内に、刃物のように鋭い叫びが木霊する。

すると、さとりちゃんが突然、がくりと項垂《うなだ》れた。

その瞬間、辺りの空気が一変した。

肌寒さに、全身の肌が総毛立つ。息苦しさを覚え、私はひゅっと喉を鳴らした。

「なんで」

さとりちゃんの声は少女のものではなかった。

低く唸《うな》る獣のような音が、一つの言葉を繰り返す。

「――なんで。なんでなんでなんでなんで」

さとりちゃんの小さな体から、陽炎《かげろう》のようなゆらめきが立ち上る。それは周囲の景色を歪め、やがて禍々《まがまが》しい暗黒の色に染まっていく。

「なんでそんなことというのッ！」

「ぐっ――」

勢いよくさとりちゃんが顔を上げると同時に、岳くんが苦悶《くもん》の声を上げた。服の上から胸の辺りを掴んで、しきりに咳き込んでいる。

さとりちゃんは血のように真っ赤に染まった瞳で、岳くんを睨み据えていた。

「ねえきかせて。がく、あなたのこころのこえをきかせて」

さとりちゃんが一歩、また一歩と岳くんに歩み寄っていく。

「さ、とり……」

「あなたのこころをみせてよ」

さとりちゃんが岳くんの胸に手を伸ばす。岳くんは辛そうに体を折り曲げる。

「あなたのこころをあばかせて」

夕闇の中、さとりちゃんの白い腕と手指だけが、ぼうっと浮かび上がる。

「あなたのこころがほしいの」

さとりちゃんは声を荒らげて、叫んだ。

「ねえ——あなたのこころをちょうだい！」

さっきと一緒だ。さとりちゃんが私の心を暴き、その本質に迫ってきた時と。

さとりちゃんは哀しみのあまり、我を忘れて本能に呑まれようとしている。

情けないことに、私はあまりの恐怖に立ち竦んでしまっていた。

止めなきゃいけない、分かっているのに……！

「っ……」

隣で千尋さんが羽織の中に手を入れた。そこには一枚の紙切れがあった。長方形に切られた和紙で、読めない文字がびっしりと書き付けられている。

「千尋さん、それは——？」

「呪符さ」

答えたのは千尋さんではなく狭霧さんだった。さとりちゃんと岳くんの様子を油断なく見据えながら、千尋さんが言葉を継ぐ。

「真琴さん、俺は——『退魔士《たいまし》』なんです」

「たいま、し……？」

「魔を退けると書いて、退魔士。陰陽師《おんみょうじ》の系譜を継ぐ、呪術師の一種です。人に仇為《あだな》すあやかしを退治する使命がある」

私はまさにそれが今、目の前で起ころうとしていることだと悟る。

岳くんの身に、これ以上危険が及ばないように……。

それを食い止めるため、千尋さんはさとりちゃんを退治する——？

「そ、そんな」

言ってから、私は千尋さんの言葉を思い出した。

——『俺は……元来、あやかしに好かれる性質《たち》の人間ではないですから』

それはまさか、人に仇為すあやかしを退治する使命を背負っているから？

退魔士、だから——

「……辛いと思います。見ないでください」

そう言う千尋さんこそ、深く眉間に皺《しわ》を刻んでいた。

あやかしを慈しんでいた友人の意を汲みたい、と言っていた千尋さんの表情が頭を過《よぎ》る。

岳くんが必死にさとりちゃんを捜していた様子も。

さとりちゃんが岳くんのことを思って、私に語ってくれた想いも。

——いつも、何も出来なかった。

何か言われるのが怖くて。怒られるのが恐ろしくて。

私なんか、なんの役にも立たないと思っていた。

けど、そんな私に千尋さんは『力を貸してください』と言ってくれたんだ。

一緒に家を守ってください、と——そう言ってくれたんだ。

「——待って、さとりちゃん！」

気がつけば、私は足で地面を蹴っていた。

岳くんとさとりちゃんの間に体を割り込ませ、岳くんを守るように両手を広げる。

「真琴さん!?」

千尋さんが呪符を構える。私は千尋さんが思い留まってくれるよう、必死に言い募った。

「わ、私に時間をください。ちょっとだけ……！」

正面から見たさとりちゃんは黒い炎を纏っていた。愛らしかった目は鋭く吊《つ》り上がり、瞳は燃えるように輝いている。

膝が笑いそうになるのを堪《こら》えて、私は両足を地に踏ん張った。

「さとりちゃん、岳くんはあなたのことを捜していたんだよ。たまちゃん——猫に偶然連れてこられた、私達の家にまで来て。藁《わら》にも縋《すが》る思いで、捜しにきたの！」

「そんなの……うそ」

さとりちゃんは私の言葉を突っぱねるが、その声は弱々しい。目の前の重圧がふと和らぐ。

私は隙を見て、背後の岳くんを振り返った。

「岳くんも岳くんだよ。さとりちゃんが心配なくせに。さとりちゃんが大好きなくせに。意地を張ってもいいことなんか何もないよ。大切な友達が傷つくだけだよ」

「うるせえ、お、俺は別に意地なんて。それにあいつはいつも……」

「何も言わなくても分かってくれたって？　それはさとりちゃんが特別な子だからだよ。でも今は違う。君の心を読めない、でも君のことが大好きな――お友達なの」

喉がからからに渇いていた。それでも私は語るのをやめない。

「いい？　二人とも、よく聞いて――」

今朝聞いた狭霧さんの言葉が頭を過る。

私は叫んだ。

「――しっかり、言葉にしないと伝わらないことも、あるんだぜ！」

一瞬、黄昏時の神社が静まり返る。

その静寂を破ったのは、千尋さんの小さな呟きだった。

「……だぜ？」

「ああ。私が朝食の時に言った言葉、そのまんまだね」

狭霧さんが冷静に解説する。うう、思わず一言一句同じように言ってしまった。私は顔から火が出る思いで、俯いた。

「――っ！」

私の後ろで岳くんが息を呑む。その表情は焦燥に駆られていた。

「さとり……さとり!?　おい、お前……体が、透けて……！」

はっとして振り返る。けれどさとりちゃんの姿は、私の目にははっきり映っていた。まさかまた岳くんには視えなくなっている……？

いや——もしかしたら、二人が言葉をかわせる最後の機会かもしれない。

さとりちゃんは先ほどまでの激情を鎮め、切ない色をした瞳で岳くんを見つめていた。

仕方ない、と諦めているその様子は、私の——自分自身の写し身のようだった。

「さとり、待て……待ってくれ！」

岳くんが私の脇をすり抜けて、さとりちゃんに駆け寄る。

そして強く強く、さとりちゃんの小さな手を握り絞めた。

「お、俺……俺は……！」

さとりちゃんは悲しげに俯いている。

きっと……もう本当に時間がないのだろう。

するとそれを悟ったのか、岳くんはぼろぼろと大粒の涙をこぼし始めた。

「俺、こんなだから。誰も友達がいなかったから。だから、さとりと一緒にいられて……う、嬉しかったよ。楽しかったよ。何も言わなくても俺のこと分かってくれて、ゆるしてくれて。でも俺、そんなお前にひどいことばっかり言った……ごめんな、ごめんな……！」

弾かれたように、さとりちゃんは顔を上げる。

その瞳からも透明な雫が流れ落ちた。

「ああ……わかるよ」

さとりちゃんが淡く微笑む。

「こころがよめなくてもわかる。うそじゃないって……わかるよ」

「さとり……」

「がくは、もうきっとわたしがいなくてもだいじょうぶ」

小さな手同士が固く握り合う。岳くんが口をぱくぱくと開閉した。もう彼にはほとんどさとりちゃんが視えていないのだろう。

「待ってくれ、行くなよ」

「いかないよ、どこにも」

ああ、夜が来る。神社の外灯がちかちかと明滅しながら、点灯した。

白い光を受けたさとりちゃんは、眩《まぶ》しいほどに輝いていた。

「――ずっと、みまもっているから」

岳くんの手がほどけた。慌てて両腕を振り回すものの、岳くんの手はさとりちゃんの体をすり抜けてしまう。

「う、ううう……！」

食いしばった歯の間から、嗚咽《おえつ》が漏れ出始めた。

地面に突っ伏す岳くんのそばに、さとりちゃんは寄り添っていた。

もう姿も見えない、声も聞けない。けれど、確かにそばにいる。

そうして泣きじゃくる岳くんの頭を、辛抱強く撫で続けていた――。

――昨夜は帰ってから、泥のように眠りこんでしまった。

自室の布団の中で目を覚ますと、すでに午前九時を回っていた。

「も、もうこんな時間……！」

障子から朝日が透けている。柔らかな光が四角く切り取られ、畳を照らしていた。

私は急いで布団を上げると、身支度を調えて、ぱたぱたと自室を出る。

急いで階段を降りて、台所へ向かう。すると、ワイシャツに黒いスラックス姿の千尋さんがコンロのそばで難しい顔をして立っていた。

私はさあっと顔を青ざめさせた。

「ご、ごめんなさい、私、寝坊しちゃって……」

「あぁ、おはようございます。昨日はお疲れ様でした」

千尋さんがゆっくりと振り返る。

……そういえばこんなところで何をしていたんだろう？　私は不思議に思って千尋さんの手元を覗き込むと、コンロの上にフライパンが載っていて、その中に黒い卵焼きがあった。

「わ、わあ……？」

「すみません、料理なんてしたことがなくて」

こめかみを掻く千尋さんに、私は小首を傾げる。もしかして朝食を作ろうと……？

「ごめんなさい。私が起きなかったからですよね。すぐ支度しますから」

急いでエプロンを身に着け始める私を、千尋さんは手で制した。

「そんなに慌てないでください。別に少し食べずとも餓死しません」

「が、餓死……それはそうですけど。あっ、そうだ昨日のお夕食は……」

「真琴さんが作ってくれていた肉じゃがをいただきました。狭霧さんから真琴さんの分を守るのが大変でした」

甚だ遺憾そうに、千尋さんは唇を尖《とが》らせた。

「それより真琴さんこそ昨日は何も食べていないし、まだ疲れも残っているのでは？」

「あ、えっと……」

正直に言うと、体がだるい。まだ睡魔が居座っているようで、瞼《まぶた》が非常に重かった。けれど私はぶんぶんと首を振った。

「大丈夫です、たっぷり休みましたから――」

「まこと、うそはだめ」

不意に降ってきた声に、私は頭上を見上げた。

台所の戸棚の上で白いワンピースがひらひらと揺れている。さとりちゃんだった。

「むりしちゃだめだよ」

人差し指を立てて、さとりちゃんは「めっ」と言わんばかりに眉根を寄せている。

隣からは千尋さんの視線が突き刺さる。

うう、さとりちゃん……心を読むのは反則だ。私は思わず身を縮こまらせた。

千尋さんは軽く嘆息すると、焦げた卵焼きを片付けた。

「坂の下の商店で何か買ってきます。待っていてください」

「あっ……それなら私も行きます」

「駄目です」

ぴしゃりと却下される。無理をしていると思われたのだろう。私は慌てて付け加えた。

「違うんです。しゃきっとするためにも、朝の散歩をしたくて……」

千尋さんは私の真意を判断しかねたように、眉を顰《ひそ》めた。それから頭上のさとりちゃんを仰ぐ。しかし、

「わたしにばっかりたよっちゃだめ」

「え？」

驚く千尋さんに、さとりちゃんは得意満面で告げた。

「しっかりことばにしないとつたわらないこともあるんだぜ」

そう言って、さとりちゃんはすうっと姿を消した。

呆気に取られたような顔をしていた千尋さんは、間を埋めるように眼鏡を押し上げている。

私はしょぼんと肩を落とした。

「ごめんなさい。私、歩くの遅いだろうし、邪魔ですよね……」

この体調ではゆっくりとしか歩けないだろう。昨日、神社に向かっていた時も一人、遅れ

ていたし。千尋さんは遠慮して、それをはっきり言えなかったに違いない。

しばらくの間、千尋さんは黙っていた。

けど、不意に口を開いた。

「そういうことではありません。ただ……心配しているだけです」

千尋さんは言葉を選ぶように、つかえつかえ続ける。

「昨日も……その、心配しました。暴走したあやかしの前に出るなんて無茶をするし、その後、床に就いてずっと目を覚まさないし……。今朝も何度か、あの……寝室に入ろうとしました。けど、それはさすがに……ちょっと、と思いまして……」

一拍の遅れがあって。

それから——すとん、と何かが胸の内に落ちるような感覚がした。

そっか。私を、心配して……くれてたんだ。

きっと、昨日『働き過ぎなのでは？』と言ってくれた時も。

私を気遣ってくれていたんだ……。

ここ何年も、身近な人に顧みられることなんてなかったから、考えが及ばなかった。

「商店は近所とはいえ、坂を上り下りします。何かあったら大変です。真琴さんこそ、俺に気を遣わないでください」

「私も……気を遣ってるわけではないんです」

胸に手を当てて考えてみる。

もちろんさっき言ったことも嘘じゃない。朝日を浴びて、軽く運動をしたら、きっと気分も晴れるし、体も目を覚ましてくれるだろうと思った。

けれど、きっと。

私は、それ以上に――。

「私、千尋さんともっとお話ししたいんです」

心がそのまま声帯を震わせて、音を発したようだった。

なんのフィルターも通さない、素直な気持ちだ。

身内に捨てられそうになっていた私を助けてくれた……千尋さん。

そうだ、さとりちゃんが言っていたように、私は怖かった。

叔父さんがそうしたように、千尋さんにまで見捨てられてしまったら、私にはもう本当に居場所がない。

千尋さんに、見損なわれないように――必死だった。

けど、それは私の思い込みだ。すごくすごく失礼なことだ。

千尋さんのことが知りたい。

そうして――ちゃんと、近づいていきたい。

覚ではない――あやかしのような不思議な力を持たない私達は、きっと。

ちゃんと言葉にしないと伝えることができないんだ。

「この家のこと、あやかし達のこと、千尋さん自身のこと。色々教えてください。千尋さん、お忙しいから……。こういった少しでも時間があるときに」

　ちらりと千尋さんの表情を窺《うかが》う。

「だめ、でしょうか」

　千尋さんはしばし足下に視線を落としていたが、やがて眼鏡を押し上げた。

「……そんなことはありません」

「本当ですか、良かった」

　ほっと肩の力が抜ける。私は自然と微笑んでいた。

　何か言いたげに唇を擦り合わせていた千尋さんは、やがてくるりと踵《きびす》を返した。

「行きましょうか。ただし、ゆっくりとです」

「そうですね。ゆっくり行きましょう」

　私達は連れ立って土間に降り、玄関を出た。

　今朝も春の空は澄み渡っていた。淡い色の青空がどこまでも続いている。

　深呼吸する。空気は清浄そのもので、全身に纏わりついていた眠気もどこかへ吹き飛んでしまう。

　表庭から門へ向かう間に、敷地の外を小学生の集団登校の列が横切った。門の間から見えた顔には見覚えがあり、私は思わず声を上げた。

「あっ、岳くんだ」

　岳くんは同級生らしき男の子と何事かを喋っていた。まだ少しぎこちなさの残る表情だったけれど、少なくとも喧嘩はしていないようだった。

「少しだけ成長したようですね」

少しだけ、のところに力を入れて、千尋さんが言う。岳くんに色々と口さがなく言われたことをまだ根に持っているらしい。私は内心で苦笑する。

透けるような青空に人影が浮かんでいた。長い髪に白いワンピースの少女が、小学生の登校の列を上空から見守っている。

「さとりちゃん……」

さとりちゃんの横顔は岳くんを見つめ、柔和に微笑んでいた。

——ずっと、みまもっているから。

あの約束を、さとりちゃんはこれからも守るのだろう。

「——やぁ、ご両人！」

と、背後で突風が吹いた。思わずスカートを押さえる。肩越しに振り返ると、にこにこと笑っている狭霧さんが立っていた。

「おはよう。朝から仲良く夫婦でおでかけかい？」

「またたかりに来たんですか」

千尋さんが呆《あき》れたように言う。

私は首を捻った。狭霧さんは一体どこから敷地に入って来たのだろう？

私の疑問を見透かしたように、狭霧さんはくつくつと肩を揺らした。

「風があるところ、私あり。なにせ私は天狗だからね」

「て、天狗!?」

普通なら冗談だと思うだろう。けれど、あやかしが集う家に住む私には、そうは思えなかった。

それに昨夜、岳くんが置いていったものを頼りに、彼を早々と見つけ出したのは狭霧さんだった。千尋さんが退魔士であることも知っていたようだし……。

解答を求める生徒のように、千尋さんを仰ぐ。千尋さんはあっさり首を縦に振った。

「本当ですよ。狭霧さんは鎌倉山出身の天狗です」

「北鎌倉の建長寺《けんちょうじ》は半僧坊《はんそうぼう》の天狗像をご存知かな？　あれこそは私のご先祖様さ」

「天狗にしては……鼻が、長くないですけど」

「それはまたステレオタイプだなぁ。私はイマドキの天狗なのだよ」

「で、でも出版社の方で、千尋さんの担当編集さんなのでは……？」

「狭霧さんのように、人間社会に溶け込んでいるあやかしは少なくありません」

「そういうこと。だから、悲しき社畜のあやかしに、元気の出るような朝食を頼んだよ」

どうやら家の中で、私たちが買い物から帰るのを待っているつもりらしい。千尋さんはきつく眉間を押さえている。私は苦笑を浮かべながら提案した。

「鎌倉まで行きましょうか。東急《とうきゅう》ストアなら開いてるはずですし」

「あの人にはぬか漬けのぬかで十分です」

「まぁ、そう言わずに」

私がなだめると、千尋さんは眉を下げ、困ったような足取りで一歩踏み出した。

第二話　ハマグリと龍と蜃気楼の恋

「今日からお前は、この家のモノだ」

私を軽トラックの助手席から降ろすなり、叔父さんはそう言い放った。

者、ではなくモノ、と聞こえたのは間違いであって欲しかった。

その空虚な響きを胸に抱きながら、私はびくびくと周囲を見回した。

元住んでいた場所と同じ都内といえども、ここは多摩《たま》地区の西の外れだった。緑豊かな山々の裾野に、水を張った田んぼが広がっている。せっかく良い景色なのに、どんよりと曇った空が目に焼き付いていた。

「ったく、駆け落ちしやがった兄貴のガキを今更引き取れだって？　親戚連中もあんな端金《はしたがね》を出したぐらいで、無茶言いやがって」

かけおちってなんだろう。そう考え込んでいた私へ、叔父さんは乱暴に自分のセカンドバッグを押しつけた。叔父さんはさっさと駐車場兼ガレージを出て行く。

「俺はお前のオヤジが出て行ったせいで、この家のことを全部押しつけられたんだ。昔から小さな商売をしてる、貧乏な家を、だ。挙句の果てには、てめえのガキまで押しつけやがった。うちにだって余裕はねえんだ、住まわしてもらいたきゃ、それだけの貢献をするこった」

叔父さんの声はガラガラとしていて、聞こえにくい。長い話を一生懸命咀嚼している間に、叔父さんは肩を怒らせた。

「――分かったな!?」

叔父の家の大きな玄関に、雷のような怒鳴り声が響いた。私はびくっと全身を竦めて、「は、はい」とだけ小さく答えた。


幼い私の小さな手から、拭いていたお皿が滑り落ちる。

――バリン、音を立てて陶器が砕け散る。その欠片《かけら》がくるぶしに当たって、鋭い痛みが走るのに私は思わず顔を顰《しか》めた。

「ったく、本当にどんくさい子だね、あんたは」

隣で食器を洗っていた叔母さんは、割れたお皿と項垂れる私を睨み付けた。

「ごめんなさい……」

私は肌から流れる血を押さえようと、食器を拭いていたタオルを宛がおうとする。が、それをさっと叔母さんに奪い取られた。

「馬鹿、血が付くだろう。これにしな」

手渡されたのは使い古しの布巾だった。くすんだ色をしていて、ほとんど雑巾寸前だ。それでも私は言われた通り、怪我した箇所を押さえた。

「あーあー、もう。高かったんだからね、この食器！」

叔母さんの怒鳴り声は居間まで響いた。従姉妹——今は私の姉妹である、花澄《かすみ》ちゃんと紫《し》乃《の》ちゃんがテレビを見ながら、言って寄越す。

「なに、マコト。またなんかしたの？」

「お母さん、怒らせないでよ。機嫌悪くなってとばっちり受けるのヤダからね」

言いたい事を言うと、姉妹はそれぞれバラエティ番組に目を戻した。すぐにきゃっきゃとはしゃいだ笑い声が聞こえてくる。

「ったく、粗相《そそう》ばっかりしやがって」

騒ぎを聞きつけたのか、台所の暖簾《のれん》をくぐって、のそりとやってきたのは叔父さんだ。私はその鋭い眼光に肩を震わせる。

「ごめんなさい、お皿、重くて……」

「言い訳すんじゃねえよ！」

突然の胴間声に私は飛び上がった。

「早く片付けさせろ」

叔父さんは再び自分の書斎へと帰っていく。すでに食器洗いを再開していた叔母さんは、すげなく言った。

「欠片一つ残すんじゃないよ。うちの娘が踏んで怪我したら大変だろ」

はい、と力なく答えて、私はお皿の破片を集め始めた。

ぼんやりと意識が浮かび上がってくる。まるで水中で漂う泡のように。

胸が塞がっているような息苦しさを覚え、私は大きく呼吸をした。

すると新しい藺草《いぐさ》の匂いに気づいた。いつものカビ臭さが一切ないのに疑問を抱く。見上げた天井は高くて、ペンダントライトは隅が割れていなくて新品のようだ。私が横たわっている布団はふかふかで、叔父さんの家の布団とはずいぶん違う。

――なんでだろう。

そんな素朴な疑問は、一瞬で氷解した。

そう、そうだ。私、もう叔父さんの家を出て、それから。

「千尋さんと……結婚、したんだった」

口に出すと、まるで現実じゃないみたい。私はもそもそと布団の上で半身を起こした。

八畳ほどの和室は、私に宛がわれた部屋だった。

ちょうど畳を替えたばかりだったらしく、青々とした藺草の香りが部屋を満たしている。

板張りの壁と天井、それから南東側に障子窓があって、薄い朝日が差し込んでいる。家具と言えば窓の近くにある古めかしい箪笥《たんす》だけ。私の荷物はそこに全部入ってしまった。

ここは英千尋さんという――その、私の旦那様――の家。正しくは千尋さんが親友の方から留守の間『家を守って欲しい』と言われて、住んでいるお家――遠原邸だった。

場所は鎌倉の極楽寺。鎌倉山の麓の住宅街にある。

私は布団を畳んで、押入にしまった。窓を開けると、爽やかな風が吹いて、家の敷地を囲む森の木々が揺れた。五月の新緑が運ぶ瑞々しい匂いに、肺が満たされていく。

――ここでなら、うまく息ができるような気がした。

時計を見ると、朝の五時だった。千尋さんはもっとゆっくりしてもいいと言ってくれたけど――叔父さんの家にいたときは、いつもこれぐらいに起きていたので、何ら苦ではなかった。

それに、もう寝付けそうにない。

「……お庭の掃除と朝ご飯の準備、しなきゃ」

そう独りごちて、私は身支度を調えた。


竹箒を持って表庭に出ると、生まれたての朝日が私の頭上に降り注いだ。

柔らかく目を細めていると、うっすらと明けに染まった空を、白い影がふいっと通り過ぎていく。ワンピースに長い黒髪の幼い女の子だ。私は微笑みかけた。

「おはよう、さとりちゃん」

「おはよう、まこと」

女の子――さとりちゃんはにこりと愛らしく微笑んだ。

その裸足の足は宙に浮いている。もちろん普通の女の子ではない。

不思議な力を持つ、普通の人には見えない存在――あやかしだ。

「……まこと。いやなゆめ、みた？」

さとりちゃんに隠し事はできないなぁ。私は曖昧に笑う。

さとりちゃんは『覚』というあやかしなのだそうだ。覚は人の心を読むことができる。

ただ最近、さとりちゃんは人と関わる上で、あまり心を読んでしまうのも良くないと感じているようだった。私が何も言い返せないのに、そっと表情を曇らせる。

「ごめんなさい。いやなこと、いった？」

「ううん、大丈夫だよ。気にしないで」

私が頭を撫でると、さとりちゃんはくすぐったそうに目を閉じた。

「わかった、またね」

そう言って、さとりちゃんはすいっと泳ぐように屋敷の屋根の上を渡っていった。

私は手を振ってさとりちゃんを見送りながら、表庭の掃除を始める。

広い表庭は朝だけでは全て掃除しきれないから、まずは門の周りや玄関に続く飛び石を中心に掃き清める。それから、あとは樹の下だ。

落ちている葉っぱを箒でかき集めていると、太い幹の近くにぼんやりと白く光る犬のような狐のような四つ足の小さな動物がいた。

「おお。おはようございます、真琴どの」

老獪《ろうかい》な口調で話しかけられる。私は手を止めて、しゃがみこむ。

「おはようございます、木霊《こだま》さん」

木霊とは樹に宿るあやかしだ。この木霊さんは今、私が掃いていた桜の樹を守っている。

木霊さんは、人なつっこく寄ってきてくれる。もふもふとした白い毛がそよそよと風に揺れ、私の足下をくすぐった。

「浮き上がった根の裏も、念入りに掃除をお願いしますぞ」

「ふふ、はい。承知しました」

「感謝いたします。では」

木霊さんは幹を伝って、姿を消した。

私はさとりちゃんにそうしたように、ばいばい、と手を振る。

ようやく表庭の主要な部分を清め終えると、今度は足下にふわふわとした毛並みを感じた。長い尻尾が二本、私の足首にまとわりついている。

「あ、たまちゃん、おはよう」

珍しいオスの三毛猫は、私を見上げ、首輪の鈴をりんと鳴らした。黄金色に輝く瞳がじっと私を見つめている。

この子は猫又のたまちゃんだ。私はたまちゃんと出会った時のことを思い出した。

「そういえば、あのお見合いから一か月が経つんだね……」

箒を持ったまま、ぼんやりと懐古しそうになる。懐かしむほど前でもないのだけど、ここに来てからの日々を思い出すと、どうしてもそうなってしまう。

――ここは、あやかしの集う家だ。

昔から人には視えないものの類《たぐい》が視える私は、この家の仮の主であり――家を守っている『家守』の英千尋さんとお見合いの場で引き合わせられた。たまちゃんはそこにいて、どうやら千尋さんはたまちゃんに導かれるようにお見合いへやってきたらしい。

そこで私が『視える』ことを知った千尋さんは、私にこう言ったのだ。

――あやかしが集う、この家を一緒に守って欲しい、と。

私は私で十八になれば、叔父さんの家を出されることになっていた。だけど自力で生きていくことに自信がなかった私は、千尋さんとの結婚を一も二もなく受け入れた。

寂しい言い方をすれば、お互いの利害が一致した――『契約結婚』というやつだ。

でも私はそれがある意味、嬉しかった。

ずっと『視える』ことを隠すように生きてきた。

けど、ここではそれがむしろ役に立つという。

あやかしと接することがあまり得意ではない千尋さんの、役に立てるのだと。

――自分を偽らない生活は、とても居心地がいい。

「な……なんて、物思いにふけってる場合じゃない。朝ご飯の準備っ」

私は箒とちりとりを手に、急いで家の玄関の方へかけていく。背中の方でたまちゃんが不思議そうに「んなぁ」と声を上げた。

このお家の台所を、私はすごく気に入っていた。

全体的に古めかしい造りだけど、古くささは感じない。水回りはリフォームされているし、元々あった備え付けの棚も、壁のタイルもレトロで可愛らしい。

調理道具や食器の場所はちゃんと動線が考えられていて、調理台から手を伸ばせばすぐ届く範囲にある。

台所全体を照らす、連なった三つの窓は昔ながらの磨《す》り硝子《ガラス》だ。ところどころ星形がちりばめられていて、夜空みたいだ。掃除をしている間に少し位置が高くなった太陽の光を、硝子は柔らかく透かしている。

私はエプロンをつけ、さっそく料理にとりかかった。

ご飯は毎朝、土鍋で炊きたてを用意している。実は掃除する前にお米を水につけておいたので、浸水はばっちりだ。

土鍋を火に掛けると、今度は汁物と小鉢を作る。ほうれん草を一束茹《ゆ》でて、半分はお味噌汁に、もう半分はおひたしに。おひたしにはかつお節を載せると風味が引き立つ。

メインはしらすにするつもりだった。ふきを煮て、しらすと混ぜ合わせる。鎌倉はなんといってもしらすだ。特に今の時期は旬らしく、スーパーにも、よくしらすが出ていた。

「せっかくなら、もう少し鎌倉ならではの食材にチャレンジしたいなぁ……」

お味噌汁を小皿で味見しながら、私はぼそりと呟いた。

「――チャレンジ、ですか？」

突然台所に響いた、深みのある声に、私は思わずびくりとなった。

手にしていた小皿が床に落ち、ぱりんと音を立てる。

台所の入り口をとっさに見ると、千尋さんの大きく見開かれた目と目が合った。

「すみません、驚かせるつもりは……」

「あっ、いえ、その……」

粗相を謝らなければならないのに、私は今朝の夢を思い出して、口ごもってしまう。

とにかく破片を掃除しなきゃ。そう思って床に手を伸ばすと、すたすたと大股で近寄ってきた千尋さんに手首を掴まれた。

「待ってください、素手で触ったら怪我します」

「あ、でも……」

「割れたとき、どこか切ったりしてませんか？」

私はとっさに足下を見た。スリッパも靴下も履いているし、スカートから覗く臑《すね》のあたりも特に怪我はしていないようだった。

「だ、大丈夫、です」

「良かった」

千尋さんは私の手首をやんわりと離し、眼鏡の弦を上げた。レンズが光を反射する具合で、その表情は見えなかったものの、心配してくれているのだろうということは分かる。

と、後ろのコンロからしゅうしゅうと音が立った。土鍋がかたかたと揺れている。蓋の小さな穴から噴き出していた蒸気が消えた。水分がなくなった証拠だ。同時にお味噌汁の鍋も沸き立ち始めた。お味噌汁は沸騰させると味噌の風味が消えてしまう。

「割れた皿は任せてください」

千尋さんはデニムのポケットからハンカチを取り出し、小皿のかけらを拾い始める。

「あっ、その、すみません、ごめんなさい……」

「そんなに謝ることではないと思います」

淡々と片付けを続ける千尋さんを横目に、私はコンロの火加減を調整し始めた。土鍋の蓋をあけると、蒸気とともにふわりと炊きたてのご飯の香りが広がった。それは私の胸に温かなぬくもりをもたらしてくれた。


白米、ほうれん草のお味噌汁とおひたし、しらすとふきの和え物、それに常備しているにんじんときゅうりのぬか漬け。

以上が、本日の朝食だった。

台所から居間に移動した私達は、飴色の食卓を挟んで向かい合っている。分厚い座布団があるから、正座しても脚は痛くない。最近は正座自体にも慣れてきたし。

『いただきます』

どちらからともなくそう言って、食事に箸を付ける。私はお味噌汁のお椀に口をつけながら、ちらりと目だけで千尋さんを窺った。千尋さんはぽりぽりと漬け物のきゅうりを食べている。本人は気づいていないかもしれないけど、絶対にきゅうりから食べるのが千尋さんのルーティーンらしい。

美味しいと思ってくれているのかな？　それとも好物なのかな？

どうしてだろう。最近、そんなたわいないことを知りたくなってしまう。

「どうしました？」

あんまりにも、じっと見ていたからだろう。千尋さんに気づかれてしまった。眼鏡越しに不思議そうな視線が、私に向けられている。慌てた私はとっさに言った。

「あの、さっきはありがとうございました。お皿」

「あぁ、別にあれぐらい……」

「あと、その――おはようございます、千尋さん」

「え？」

「さっき、言いそびれちゃったなぁ……って思って」

千尋さんは左側にあるお味噌汁にじっと視線を落としていたが、やがてぼそりと呟いた。

「……おはようございます、真琴さん」

なんだか改まった感じになってしまったのが、気恥ずかしかった。しばらく無言で食べていると、ふと叔父さんの家の食卓をまた思い出してしまった。沈黙は息が詰まってしまう。私は何かに追い立てられるかのように口を開いた。

「――鎌倉野菜ってご存知ですか？」

唐突かつ小さな声だったが、千尋さんは聞き漏らさずに返事をしてくれた。

「ああ、鎌倉で生産される野菜をそう言うみたいですね」

「スーパーでも見かけるんですよね。黄色い『K』っていうロゴに、にっこりした笑顔が描かれた、鎌倉ブランドっていうマーク。そのシールがついているのが鎌倉野菜みたいなんです」

「はぁ、そんなものが」

私は千尋さんが箸でつまんでいる、にんじんのぬか漬けを見て言った。

「いつも普通の野菜を買っちゃうんですけど、いつか挑戦してみたいなぁって」

ふと。換気のために開けていた窓から強い風が入り込んだ。いつのまにか人の気配が生まれていて、はっと振り返ると、窓を背にしたパンツスーツ姿の女性が仁王立ちしていた。

「ならば、レンバイへ行くべし、だね！」

張りのある声が居間に響いた。私はぱちぱちと目を瞬かせ、千尋さんは驚く様子もなくただただ深い溜息をついている。

「狭霧さん、またですか」

「おうともさ」

作家でもある千尋さんの担当編集者にして、出版社の社員——狭霧天音さんは上機嫌でウインクを返してきた。狭霧さんが入ってきたと思しき窓が開いた様子はない。それもそのはず、狭霧さんは人間の社会に紛れて生きる天狗——あやかしなのだ。

「お久しぶりです、狭霧さん。最近、お忙しかったんですか？」

最初こそ驚いたものの、私は気を取り直して、おひつからお茶碗にご飯をよそった。狭霧さんは近所に住んでいて、時々こうして食事を共にする間柄だった。もっとも、

「……このタダ飯喰らい」

と、千尋さんはいつものように憎まれ口を叩いているけど。……喧嘩するほど仲が良い、ということなのだろう。

「いいじゃないか、校了明けなんだ。少しは労《いたわ》りたまえよ。あっ、真琴くん、漬け物は多めに頼む。いやぁ、やっぱりぬか漬けはいいねえ。特に君の作るのは美味い！」

「本当ですか？　ありがとうございます」

私は台所に戻って、自分達と同じ朝食一式を用意した。

それを居間で待つ狭霧さんに出すと、彼女は相好を崩して手を合わせた。

「いただきま〜す！」

白米とお漬け物を頬張る狭霧さんは実に幸せそうで、こっちまで嬉しくなってしまう。一方の千尋さんは、何か言いたげにこめかみを押さえていた。

「そういえば……さっきおっしゃってたレンバイってなんですか、狭霧さん？」

ふきとしらすの和え物に箸を伸ばしていた狭霧さんは、軽く頷いた。

「鎌倉市農協連即売所、略してレンバイさ。野菜の直売所、つまり外国で言う、ファーマーズマーケットってところだね。鎌倉駅からほど近いよ」

「へえ、そんなところがあるんですね……！」

農家の人が直接売る鎌倉野菜。それが並んでいる様を私は空想した。きっと新鮮で美味しいに違いない。

狭霧さんは黙々と食事していた千尋さんを振り返った。

「いくら千尋でも場所ぐらい知ってるだろう、連れて行ってあげなさい」

「いくら、っていうのはなんなんですか」

一応、狭霧さんに釘を刺しつつ、千尋さんはちらりと私を見た。私は期待を込めた表情を抑えきれない。千尋さんはやや眉尻を下げた。

「良かったら、この後、行きますか？」

「いいんですか？　でもお仕事のご予定は……」

「大丈夫、大丈夫。何を隠そう、昨日校了したのは彼の本だからね！」

私には出版の専門用語がまだよく分かっていない。でも多分、最近、書き終わったとかそういうことなんだと思う。千尋さんが私に軽く頷いたので、狭霧さんの話は本当なのだろう。

「というわけで、今日はレンバイデートだね、いってらっしゃい」

私はごほごほと咳き込んだ。

「デ、デデデ、デート、ですか」

「何を狼狽《うろた》えているんだい、夫婦、しかも新婚なんだから当然だろう？」

狭霧さんはにやりと千尋さんを見た。千尋さんはとりあえず、ほうれん草のお味噌汁を啜っている。……もしかして千尋さん、狭霧さんに私達の結婚の経緯を打ち明けてないんだろうか。

なんだかだましているようでちょっと気まずい。狭霧さんは私達を見て、ふうっと一息つくと、朝食をぱくぱくと食べ始めた。

「そういえば、千尋。先週出た新シリーズ、初速がいいぞ。即重版の勢いだ」

お仕事の話だ、と思って私は気配を消した。二人の邪魔になるようなことはしたくない。けど、最近、ちょっと気になっている。千尋さんは……どんな本を書くんだろう。

「そうですか、それはなによりです」

「相変わらず君は淡泊だなぁ、少しは喜ばないか」

「喜んでますよ、本が売れてくれないと食いっぱぐれます」

「可愛い新妻も養えないしな」

「まぁ、そういうことです」

冗談を軽く受け流されても、狭霧さんはくつくつと肩を揺らして笑っている。なんだか二人を見ていると、仲が良くて、垣根がなくて……それが、少し羨ましい。

「だが三巻の展開、美冬《みふゆ》が退場するのはいただけないなぁ。押しも押されもしないヒロインだぞ？」

「その話は何度もしたはずです。分かりやすい大団円は、かえってリアリティを損ないます」

「まぁ、そうなんだがね。とりあえず本文を読んでからかな。ああ、あと例の件だが、出社してからまた連絡するよ。そろそろ何か分かりそうなんだがね」

「――分かりました、お願いします」

最後に少しだけ真面目なトーンで話した後、狭霧さんは千尋さんとの話を打ち切るように箸を置いて、手を合わせた。

「ごちそうさまでした、っと」

見ると、朝食がすっかり平らげられていた。三人の中で一番喋っていたと言っても過言ではないのに。目を瞠《みは》るほどに食べるのが速い。

「さ、仕方がないので今日も出社するとしよう。真琴くん、美味しかったよ、ありがとう」

「あ、はい、お粗末様でした。いってらっしゃい、狭霧さん」

「……いいなぁ。私も毎日、美味しいご飯を作ってくれて、優しく見送ってくれる新妻が欲しいものだ。なぁ、千尋」

「知りませんよ、早くどこへなりとも飛んで行ってください」

にやにやとした視線を送られても、千尋さんはどこ吹く風だった。狭霧さんは含み笑いを残して、来た時と同じように、風と共に去って行った。

本当に、毎度毎度、嵐のような人だ。それが狭霧さんらしいのだけど。

そんな彼女がいなくなってしまうと、途端に居間が静かになる。

私はお茶碗の縁に残ったお米粒を箸で拾いながら、千尋さんに尋ねる。

「今日、本当にいいんでしょうか、レンバイ……に行くの」

「構いません。二、三日、休もうと思ってましたから」

「そっか……良かったです」

頬を緩めていると、千尋さんの湯呑みが空になっていることに気づく。すかさず湯呑みにほうじ茶をつぎ足すと、千尋さんは律儀に「ありがとうございます」と頭を下げた。

「こちらこそ、です」

自分でも分かるくらい、声が弾んでいた。レンバイに連れて行ってくれることへのお礼のつもりだったのだけど、千尋さんは何のことか分からなかったらしく、小首を傾げていた。


江ノ電が鎌倉駅のホームに滑り込む。朝八半時、車内は通勤客が多かった。電車を降りて、まだ開いていない土産物店を通り過ぎ、改札へ向かう。

私と千尋さんが降り立ったのは、鎌倉駅東口だった。早朝にもかかわらず、すでにちらほら観光客の姿が見える。

正面のバスロータリーに向かって左に行けば、有名な小町通《こまちどお》りだ。けど、私達は小町通りを背に、道を南下していった。

スターバックスや東急ストアを尻目に、千尋さんはどんどん進んでいく。ゆっくり歩いては離されてしまう。私が小走りになると、千尋さんは急に足を緩めた。

「すみません、速かったですか」

「あ、いえ、ごめんなさい。私、歩くの遅くて……」

「合わせます、別に急ぐことではないですし」

千尋さんの革靴がゆっくりアスファルトを叩く。私はお言葉に甘えることにした。

朝の鎌倉はまだ人が少なくて、空気も澄んでいて、歩いていると気持ちが良かった。大きな通りに出ると、遠くに小さく鶴岡八幡宮《つるがおかはちまんぐう》の鳥居が見えた。

ほどなくして、白地に筆書きの大きな看板が目に飛び込んできた。

――『鎌倉市農協連即売所』――。

「これが、レンバイ……！」

建物、というよりは屋根と壁だけで造られている、まさに『市場』といった様相だ。野菜を運ぶためのコンテナが、出入り口はもとより、道の端にまで溢れている。

庇の向こうに見える即売所は、入り口からでも見渡せる規模の広さだった。折りたたみ式のテーブルやパイプ椅子が、コの字型に並べられている。テーブルの上には所狭しと色とりどりの野菜が置かれていた。さながら野菜のフリーマーケットだ。

レンバイにはすでにお客さんの姿があった。そして農家の方が直接、野菜を売り込んでいる。

「はわぁ……」

自分でも意味不明な感嘆の声を発しながら、レンバイの中の様子を窺っていると、入り口に近いテーブルにいた中年の女性が、私に笑顔を向けた。

「うちは葉物が美味いよ、見てって」

私はとっさに隣にいた千尋さんを振り返った。千尋さんは眼鏡の奥で目を瞬かせていたが、やがて小さく頷く。私はおずおずとレンバイ内部へ足を踏み入れた。

土と水と生きた野菜の匂いが充満している。女性の売っている野菜は入り口から差し込む朝日を浴びて、露を輝かせていた。私は瑞々しいサニーレタスに目を奪われる。

「これはね、ハンサムグリーンっての。面白い名前でしょ？」

「は、はい。確かにハンサムな気がしますっ」

「あはは、面白いわね、お嬢ちゃん」

私はすぐ後ろに控えていた千尋さんを振り返る。

「これ……買っても良いですか？」

「え？　あぁ、どうぞ」

女性は威勢良く「毎度あり！」と言って、手元にあった小さなカゴを指差した。そこにはお札や小銭が入っている。なんだか映画で見た、昭和の商店街のようだ。私はカゴにお金をぴったり入れた。

そうして一通り買い物を済ませた後、最後に立ち寄った農家のお姉さんが即売所の隣を指差した。

「そうだ、あっちの中央食品市場も面白いよ、行ってごらん」

と、親切に教えてくれる。私はちらりと千尋さんを覗き込んだ。

「あの……中央食品市場も覗いてみていいですか？」

「ええ、はい」

一度、即売所を出て、歩道に戻る。

お姉さんの言った通り、即売所の隣が鎌倉中央食品市場の入り口だった。

こちらはいろんなお店が軒を連ねていた。外から見えた料理店は元より、パン屋さん、総菜店、シフォンケーキのお店、洋服店やアロマテラピーのお店まである。

ぐるっと一周してみたが、そのバラエティの豊かさに目が回りそうだった。

結局、私の目に留まったのは、道に面した海産物のお店だった。

「いらっしゃい」

角刈りの店主さんが出迎えてくれた。店先には発泡スチロールに入った魚介類が並んでいる。野菜もいいけれど、メインのおかずはやはり和食であれば魚だよね……。

「ええと……」

しらすは今朝使ったし。鯵《あじ》もいいけれど、初鰹《はつがつお》も捨てがたい。私がうんうん唸っていると、そばで携帯電話のバイブレーションが聞こえた。

「――すみません、少し出てきます」

見ると、千尋さんが今時珍しい、二つ折りの携帯電話を取りだして、店を離れていく。という私は携帯電話すら持っていないのだけど。

電話の相手は狭霧さんだろうか？　今朝、後で連絡すると言っていたし。

一人、取り残された私は、ふとあるものに気がついた。

店の端っこに置いてあるアサリのパックだ。

確か、千尋さんは〆切が終わったばかりだったはず。

きっと疲れているに違いない。アサリは疲労回復にいいと聞くし。酒蒸しなんか、いいかもしれない。

そう思ってパックを手に取った私は、思わず目を丸くした。

アサリのパックのはずなのに、隅っこにハマグリがいる。

黒い殻を持つ小ぶりなアサリの中に、大きなハマグリが鎮座しているのだ。はっきり言って異色だ。見間違いかと思ったけれど、いくらつぶさに観察してもやっぱりいる。

「それは今日取れたて、新鮮だよ」

店主さんがにこにこと言う。私は戸惑いながら指摘した。

「あの、これ、ハマグリが交ざってますけど……」

「んあ？」

店主さんは素っ頓狂な声を上げて、私の手からパックをひったくる。そして矯《た》めつ眇《すが》めつして見てから、

「ははは、面白いこと言うねえ、お嬢ちゃん」

と言って、パックを返してきた。

……え？　もしかして、冗談だと思われてる？

見間違いかと思って、再度パックの中身を見た。

……いる。どう見たっている。アサリの中で肩身が狭そうにラップを押し上げているハマグリがいるのだ。

どうしよう。二度も言うのは失礼かもしれないし。でも他のお客さんに見つかったら、トラブルになるかもしれないし。

気を回しすぎなのは自分でも分かっている。

けど、なんだか放っておけない気がした。

お店に気を遣ったのもそうだけど。

パックの中の異質なハマグリを見ていると……他人事ではない感じがしたのだ。

そこへ人影が通りかかった。背が高かったので千尋さんかと思ったが、違った。

五月なのに黒いロングコートを着た若い男性だった。長めの髪を後ろでひとまとめにし、切れ長の瞳で私の手元をちらりと見た。

「……ほんまや、ハマグリがあるなあ」

彼は涼しげな目元をそっと細めて、私を視線で撫でるようにしてから、去って行った。

黙り込んでしまった私に、店長さんが首を傾げる。

「どうしたんだい？　そのアサリ、なんか変なところでもあるかい？」

このままパックを持って突っ立っているわけにはいかない。私は困り果てて、きょろきょろと辺りを見回した。千尋さんはまだ電話をしている。

買ってもいいんだろうか。分からない。いつもの買い物は一人で行くから、毎回お金を預かっているのだけど、今は千尋さんの財布ごと持たされている。勝手に使って良いものか――。

「お嬢ちゃん？」

心配そうな店主さんの表情に押されて、私は恐る恐る財布を開いた。

「すみません、ぼうっとしちゃって。これ、ください」

「ああ、あいよ」

店主さんはほっと安堵《あんど》の息を吐いて、私からお金を受け取る。レンバイで買った野菜と一緒にエコバッグへアサリのパックを入れながら、私はそそくさと店先を離れた。

電話が終わったらしく、千尋さんもこちらを振り返って、帰ってくるところだった。ちょうど横断歩道の前で鉢合わせる。千尋さんは何も言わず私が持っていたエコバッグに手を伸ばし、荷物を持ってくれた。

「買い物はもういいんですか？」

「あ、はい。付き合ってくださってありがとうございました」

「いえ、俺も食べるものですから」

信号がちょうど青に変わった。向こう側へ渡り終えた頃、私は意を決して言う。

「魚屋さんでアサリを買ったんですけど、良かったでしょうか……？」

「……良かった、とは？」

「ええと、勝手にお金を使ってしまったので」

元来た道を歩きながら、千尋さんはしばし黙考していた。その沈黙に肩を縮こまらせていた私に、千尋さんは言った。

「生活費なので好きに使って構いません。他にも欲しいものがあったら言ってください」

千尋さんは眉を顰めて続けた。

「真琴さん。こっちに来てから、自分のものを買ってないんじゃないですか？」

私はきょとんと瞬きをした。

服の類は足りているし、鞄も靴も一個ずつ持っている。その他、日用品は家に置いてあるもので十分だし……。

自分のものを買う。その発想がなかった。

不思議そうな顔をしているであろう私に、千尋さんは何故か危機感を滲《にじ》ませて言った。

「……買いましょう、今すぐ。何かを」

「な、何か、と言われましても」

「ちょうど他のお店も開く頃です。なんなら小町通りの方まで行っても」

急に前のめりになる千尋さんに、私は困惑しきりだった。

でも千尋さんは退きそうにない。

ほ、欲しいもの。欲しいもの……。

――あっ、

「じゃあ、東急ストアに寄ってもいいですか？」

「だから、食べ物とか日用品とか、そういう買い物ではなく……」

「いえ、その」

おずおずと上目遣いで千尋さんを窺う。

「六階に行きたいんです」


東急ストア鎌倉店があるビルにはスーパーマーケットの他に、多くのテナントが入っている。総菜や洋菓子店、百均やら歯医者さんまで。

そして六階建ての建物の一番上に、書店――文教堂《ぶんきょうどう》鎌倉とうきゅう店があった。

店内に入ると、紙とインクが混じった書店独特の匂いが、鼻先を掠《かす》めた。学校の図書室で勉強するのが好きだった私にとっては、実に懐かしい感覚だ。まるで慣れた海を泳ぐように、すいすいと足を進める。

「あっ。ありました、千尋さんのご本！」

「えっ」

千尋さんが小さく声を立てる。一番端にあったシリーズ一作目と帯に書かれている文庫本を手にとって、じっと表紙を眺める。

そこには水墨画で描かれた龍の姿があった。千尋さんの最新作、魑魅魍魎《ちみもうりょう》シリーズの一作目『塙《はなわ》の水龍《みずち》』というタイトルだ。裏表紙にはあらすじが書いてある。舞台は昭和初期。妖怪退治を生業《なりわい》とする主人公が活躍する物語だそうだ。

すごく興味がある。なにせ千尋さんは作家でありながら、本物の退魔士なのだから。

実体験を元にしているのかなぁ、などと考えていると、千尋さんが溜息交じりに言った。

「もしかしてこれが真琴さんの欲しいものですか？」

「は、はい。いけませんでしたか……？」

「いけないもなにも、帰れば見本誌があります。作者が出版社からもらう分です」

確かに作者は本をもらうだろう。千尋さんの手元にはその見本誌があるのだろう。けど――。

「あの、私、できたら自分のものが欲しくて」

欲しいものはないか。そう問われて、最初に浮かんだのが千尋さんの本だった。

千尋さんと狭霧さんを見て、思ったのだ。

軽口の応酬もそうだけど、本の話をしている二人は生き生きとして楽しそうだった。

私も狭霧さんのように……本を通して、千尋さんと少しでも触れあえたら。千尋さんのことをもっと知ることができたら。

この本を抱いていると、自然とそんな風に思った。

「あっ、でも無駄遣いでしょうか……」

千尋さんは俯いて、くいっと眼鏡のブリッジを押し上げた。

「……いえ、そんなことは。それに何でも買うと言ったのは俺です。二言はありません」

私の手から本を受け取ると、ブラウンの革靴がくるりと踵を返す。千尋さんの後を追いかけながら、私は今更気がついた。

「自分の本を買うって、もしかしてちょっと恥ずかしいですか？」

「それをはっきり言いますか……」

照れくさそうに頭を掻く千尋さんがなんだか可愛く見えて、私は気づかれないよう、くすりと微笑を漏らした。


極楽寺の家に帰り着くと、すでに午前十一時に近かった。

玄関を入って、土間を抜け、家に上がるなり、千尋さんの携帯電話が一度だけ震えた。今度は着信じゃなくてメールらしい。

千尋さんはメールの内容を確認して、肩越しに振り返った。

「例の新刊、重版が決まったそうです。狭霧さんと電話で打合せをしてきます」

「重版って、追加で本を刷るということでしたよね？　おめでとうございます！」

私自身は関係ないのだけど、嬉しくなって書店の紙袋を抱きしめる。

千尋さんは困ったように、眼鏡の弦を弄《いじ》った。

「荷物は台所に運んでおきます。すみませんが、後はお願いしてもいいでしょうか？」

「はい、もちろんです。狭霧さんによろしくお伝えください」

千尋さんは小さく頷いて、台所に寄り、もう一つの扉から廊下へ出て行った。

書斎のある二階へ向かうため、階段を上がる足音を聞きながら、私は買ってきた食料品を仕分けする。

エコバッグの中にはカラフルな鎌倉野菜の数々、それから最後に買ったハマグリ入りのアサリがあった。

最初に買ったハンサムグリーンというサニーレタスはちぎって水に浸し、ベビーキャロットは洗って土を落とす。レタスはサラダに、ベビーキャロットはそのまま蒸して温野菜として出そうと思っていた。食材本来の風味に思いを馳せると、心の奥が躍るように高鳴った。

「さてと」

あらかた野菜を仕分けし終えて、残ったのはアサリ、そして一つきりのハマグリだ。とにもかくにも、砂抜きをしておかなくてはならない。私はボウルに水を張って、適度な濃度になるよう塩を入れた。一度、ざるの中でさっと洗い、あさりを手で掬《すく》って、ボウルにいれる。

最後に残ったハマグリをつまみ上げ、私はそっと微笑んだ。

「ハマグリさんはどうします？　一人部屋にしますか？」

アサリの中に一人きり。きっと居心地が悪かったに違いない。

小さなボウルを用意して、その中にハマグリ専用の水を用意しようとした――その時。

「――生憎《あいにく》だが、僕は食べられるわけにはいかないんでね」

え？　と声を上げる間もなく、目の前が光に包まれた。

目も開けていられないほどの光量に、思わずハマグリを取り落とす。両手で目を庇《かば》った拍子にバランスを崩して、尻餅をついた。

その痛みも、目の前の光景に忘れてしまう。

収まった光の中から、青年が現れた。

すらりと背が高くて、髪は長くて真っ白だ。肌も輝くように白くて、長い鼻筋が真っ直ぐ通っている。青い瞳はクールな印象だった。白皙《はくせき》の美男子、というより他ない。ゆったりとした着物は白く、薄い金の刺繍《ししゅう》が全体に施されている。背中に纏った薄紅の羽衣は、室内だというのにそよ風に当たっているかのように揺れていた。

美しい青年は柔和に微笑んだ。

「心優しい小姐《シャオジェ》、僕を見つけてくれてありがとう――」

そこで彼は大きく目を見開いた。そして、急にうっとりした口調で呟く。

「美しい」

「え……」

「紗《しゃ》のような柔らかい髪、琥珀が交じったような瞳、絹のように白い肌、ふっくらとした桃色の唇――」

青年の長い指が、一つ一つ私の表面を辿る。そして彼は言った。

「小姐、是非、僕のお嫁さんになってくれ」

と言うなり、私の右手を取り、彼はその薄い唇で手の甲に口付けた。

柔らかく押しつけられた感触が、この状況を現実だと声高に叫んでいる。

だから私も叫んだ。

「――ひゃあああああああっ!?」


私の間が抜けた悲鳴は家中に響き渡った。するとものの数秒で千尋さんが駆けつけた。

「真琴さん!?」

さっき千尋さんが出て行った方の引き戸が、ガラッと開く。

突然、現れた見知らぬ青年。

尻餅をついて、何故か彼に手の甲へ口づけされている私。

さしもの千尋さんも理解が追いつかなかったらしく、そのまま三秒が経過した。

たっぷり沈黙した後、千尋さんもまた叫んだ。

「――不審者ッ!!」

シンプルかつ的確な指摘だった。そして青年の身なりからあやかしだと判断したのだろう。シャツの胸ポケットから畳まれた呪符を取り出すと、青年に向かって投げつけようとする。

私は慌てて立ち上がり、青年を背中に庇った。

「待ってください、千尋さん！　この人、ハマグリなんです！」

「一体、何を言ってるんですか、真琴さん！」

あああ、違う、違うの。いや違わないんだけど、これじゃ伝わらない！

「と、突然、ハマグリがぴかーって光って、この俳優さんみたいな人が出てきたんです。だから多分、この人ハマグリなんです～！」

「――あぁ、小姐。それぐらいにしておいてくれないか。さっきまでの僕はあくまでも仮の姿。こっちが本物の僕さ、ほらよく見ておくれ」

肩に両手が置かれたかと思うと、くるりと後ろを向かされる。そこには彼の美貌が視界一杯に広がっていた。私が呆気に取られている間に、その美貌はどんどん近づいてくる。

「――色情魔ッ！」

私と青年の間に手刀が割り込んだ。青年が「おっと」と一歩引いた隙に、私は千尋さんに手を引かれ、その背の後ろに押しやられた。

眼鏡の奥から鋭く睨み付ける千尋さんに対し、青年はやれやれと首を振る。

「さっきから酷い言われようだな。僕は歴とした『蜃《シン》』だというのに」

「シン？」

千尋さんの背中に隠れながら、私は『シン』と名乗った青年の様子を窺った。一方の千尋さんは油断なく呪符を構えながら、語り始める。

「蜃気楼の『蜃』と書きます。その名の通り、蜃は『気』を吐いて、幻の楼閣を作り出す。古代中国と日本に伝承がありますが、漢服を着ていることから、中国由来の蜃でしょうね」

「つまり……あやかし、ですよね」

「妖、だなんて。霊獣と崇《あが》め奉って欲しいね」

と釘を刺しながら、彼は私にウインクを送ってくる。

「ま、小姐は別さ。シンさん、と気軽に呼んでくれたまえ」

「あ、いいんですか？　ありがとうございます、ではお言葉に甘えて……」

「真琴さん、ほんわかしないでください。相手は不審者かつ色情魔です」

「だから違うってば」

シンさんは胡乱《うろん》げな眼差しで、千尋さんの呪符を見た。

「君はおそらく呪術を扱う者だね？　なら蜃の正体も知っているだろう」

正体？　この人間の姿もまた仮初めなんだろうか。私の疑問に答えるように、千尋さんはシンさんに対して挑戦的な口調で言う。

「蜃の正体は咬龍《こうりゅう》、または大蛤《おおはまぐり》。そのどちらともする説もある」

「なら、小姐が言った『ハマグリ』という話から僕の言っていることが本当だと分かるだろう？　なんならここで蜃気楼を見せてあげようか？」

シンさんはそう言って、おもむろにパチンと指を鳴らした。

目の前が一瞬、霧に包まれたように真っ白になる。

やがて姿を現したのは——煌《きら》びやかな宮殿の一室だった。

「え……？」

さっきまで家の居間にいたはずなのに。ここは……どこ？

私はきょろきょろと周囲を見回す。広い広い、ホールのような場所だった。芳《かぐわ》しい香の匂いに満たされた、高貴な印象の空間だ。

柱や梁《はり》は派手な朱色に塗られていて、金色の龍が描かれている。床はぴかぴかの大理石。真っ赤な絨毯が伸びていて、それが数段上の玉座まで続いている。大人の背丈ほどある二つの龍の彫刻に挟まれた玉座に、シンさんが座っていた。

「ああ、その格好も似合うね。僕の伴侶に相応《ふさわ》しい」

「格好……？　あっ」

ワンピースを来ていたはずの私は、いつのまにかシンさんと同じような煌びやかな漢服を身に纏っていた。頭には金色に輝く冠、その端からは赤い糸の束が肩まで垂れ下がっている。

「さぁ、真琴、隣においで」

シンさんが指し示したのは、玉座の隣だった。そちらも負けず劣らず大きな椅子で、背もたれにも肘掛けにも足にも立派な装飾が施されている。

「君こそ、我が后《きさき》に相応し――」

そこで突然、バリン、と硝子が砕けるような大きな音がした。

身を竦めた瞬間、目の前の光景にヒビが入り、端から砂のようにさらさらと流れていく。

再び目の前が霧に包まれて――。

気がついた時には、元の台所に戻っていた。

お香の匂いは消え、立派な玉座もない。私は元の姿で呆然と立ち尽くしていた。

私の隣には千尋さんがいて、人差し指と中指を立てて揃えた形で、右手をシンさんに向けていた。

「うーん、なかなか強固な楼閣だったんだけどな。呪術で破られるとは、恐れ入ったよ」

「次に術を使ったら、その場で敵対者と見なす」

「おお、怖い。……ところでさっきからやけにつっかかってくるけど、小姐、彼は君のなんなんだい？」

弱ったように眉を顰めるシンさんに、私はおずおずと答えた。

「ええと、私の……その、旦那様です」

千尋さんはそれを聞いて、ちょいと眼鏡の弦をつまんだ。

一方のシンさんは――。

「……なんだってえええええ!?」

　と、その端麗な顔を歪めた。


　居間は異様な雰囲気に包まれていた。とても昼食を囲んでいるとは思えない、ぴりぴりとした空気が部屋を満たしている。

　飴色の食卓には私とその隣に千尋さん、そして向かいにシンさんが座っていた。一応、急いで簡単な食事を用意したのだけど、誰もそれに手を付けようとしない。

　口火を切ったのはシンさんの方だった。

「せっかく、小姐が用意してくれたんだ。冷めないうちにいただこうじゃないか」

　意気揚々とシンさんが箸を手に取るのに、千尋さんもまた「いただきます」と手を合わせた。私も千尋さんに倣いながら、小声で呟く。

「ごめんなさい、朝とあまりメニューが変わらなくて……」

「別に俺は大丈夫です。それにこの闖入者《ちんにゅうしゃ》が悪いんですから」

「なんだ、亭主関白ってやつか？　いちいち食事の内容にケチをつけるなんて、野暮だねえ」

「だから大丈夫だと言っている。あと後半を聞け」

「小姐、僕は君が作ってくれるものならなんだっていいよ。特にこの漬け物は最高だ。毎日食べたいくらいだよ」

「ありがとうございます……」

私のぬか漬けってそんなに美味しいんだろうか。狭霧さんにも褒められたことを思い出しつつ、私もちょいっときゅうりをつまむ。

お味噌汁をずずっと飲んだ千尋さんは、仏頂面で言った。

「ところで中国語の小姐は、未婚の女性を差す言葉だったはずだが？」

「だって君達、この家のために結婚したんだろう？　愛のない婚姻なんて僕は認めないね」

あの後、シンさんが『旦那様』という言葉にあまりにもショックを受けていたので、私が洗いざらい話してしまったのだ。

ここはあやかしが集う家だということ、千尋さんはご友人からこの家の留守を任されていること、そして私はお見合いの場で『視える』ことを買われて共に家守をするために結婚したことを。……だって本当の夫婦だと思われてしまったら、千尋さんも不本意だろうし。

「それは……」

言葉に詰まる千尋さんに、シンさんは畳みかける。

「つまり僕が真琴のハートを射止めれば、晴れて彼女をお嫁さんにできるわけだ」

「――はあ？」

千尋さんは生のゴーヤをありったけ口に詰め込まれたような、苦々しい顔をした。そういえばさっき、シンさんに「僕のお嫁さんになってくれ」と言われたことを思いだした。

「僕は理想のお嫁さん探しのために、はるばる日本までやってきたんだ。まさかアサリと一緒に収穫されてパック詰めされるとは思ってなかったけど。そんな危機的状況にあった僕を君が見つけてくれた。これを運命と言わずして何と言う？」

「偶然って言うんじゃないか」

半眼で呟く千尋さんにシンさんはまったく取り合わない。

「僕のプロポーズ、受けてくれるよね？」

パチン、と見事なウインクを送られる。あれってお世辞じゃなくて本気だったんだ……！

「駄目に決まってるだろう」

「君には聞いてないんだけど？」

「人とあやかしの婚姻なんて認められない」

「――ほう」

何故か、シンさんは目を細めて千尋さんを見つめた。その口元にはどこか含みのある笑みが浮かんでいる。千尋さんは視線を逸《そ》らしながら、ぽつりと呟く。

「どうやったって、貝類と人は分かり合えないだろう」

「だからハマグリは仮の姿だってーの！」

頬を膨らませて、ぷいっとそっぽを向いたシンさんは、ふと居間に面した縁側から見える、表庭を眺め始めた。

「しかしあやかしが集う家ねえ。なるほど、確かに屋敷の下に大きな龍穴《りゅうけつ》があるようだ」

「りゅうけつ？」

聞き慣れない言葉に私は首を傾げる。お茶を飲んでいた千尋さんが、話を継いだ。

「大地の下には霊力の流れがあって、それを龍脈《りゅうみゃく》と呼びます。龍脈を流れる霊力がなんらかの理由で貯留している場所が、龍穴です。ちょうど川と池のような関係でしょうか」

「なるほど……。あやかしはこの家の下に溜まった霊力へ集まってくるんですね」

「さすが真琴、理解が早いね」

シンさんに褒められた私は、恐縮して俯く。すかさず千尋さんが間に割って入った。

「溜まった霊力は時に、龍穴の許容量を超えてしまうことがあります。あやかしが霊力を吸ってくれることで龍穴から霊力が溢れずに済む。家を守る者としても、助かるんです」

つまりこの遠原家の『家守』とあやかしは共存しているということなんだ……。

シンさんは再び、例の含み笑いを千尋さんに向ける。

「千尋と言ったかい？　本来は龍の姿である僕にとってはもちろん、君にとっても居心地がいいんじゃないか？」

「えっ、どういうことですか？」

「……退魔士の力の源も霊力ですから」

そう呟いて、千尋さんは湯呑みに口をつける。シンさんはどこか見透かすような目線で千尋さんを眺めていたが、やがて組んでいた脚を伸ばして、くつろぎ始めた。

「というわけで、長旅の疲れを癒やすためにしばらくここに居させてもらうよ」

「──はあ？」

「ここはあやかしが憩う場所なんだろ？　僕がいたっていいじゃないか」

むうっと千尋さんは黙り込む。してやったりとばかりに笑ったシンさんは、その笑顔を今度は私に向けた。

「もちろん、その間に君を惚れさせてみせるよ、真琴っ」

「あ、あはは……」

ちゅっと投げキッスをされ、私は乾いた愛想笑いを浮かべた。

「──で、その、どうしましょう。千尋さん……」

「と、言われましても……」

私達の頭を悩ませる、突然の来訪者はお昼を平らげるなり、縁側で転《うた》た寝をし始めた。私は無防備に寝っ転がるシンさんに、タオルケットをかけながら、千尋さんに向き直った。

「すみません。私がアサリを買ってしまったばっかりに……」

「気にしないでください。誰もアサリの中に交じったハマグリが、こうなるとは思いませんん」

眼鏡の隙間からちらりとシンさんを睨んで、千尋さんが言う。

「とにかく別の部屋に行きましょう。特に真琴さんはこいつと距離を取るべきです」

居間の襖を開けて、手招きする千尋さんについていく。千尋さんの足が向かった先は応接間だった。

この家で唯一の洋間である応接室には、立派な猫足のソファが四脚ある。テーブルを挟んで向かい合って座り、私は密かに溜息を吐いた。

まさかあやかしに求婚されるだなんて思いも寄らなかった。それも本気だなんて……。

「――真琴さん」

千尋さんがいつになく真剣に呼ぶので、私は慌てて居住まいを正した。

「なんでしょう？」

「相手はあやかしです。姿形は人に見えるかもしれませんが、人ならざる者なんです。……確かに恋愛事は当人の考えを尊重すべきと思います。しかし俺は反対です。断固反対です。人とあやかしが愛し合うなんて不可能なんです」

私は千尋さんの言葉をじっと聞き入っていたが、やがてなんだか違和感があることに気づいた。微妙に食い違っているというかなんというか。

千尋さんの話だとまるで、私が乗り気のように聞こえるんだけど……。

「私、その、シンさんと結婚する気はありませんよ……？」

「分かっています。分かっていますが、人の心はどう動くか分かりません。俺は人の心の機微に疎いし、色恋沙汰は苦手分野だし、あと真琴さんは正直、押しに弱そうだし……」

ぶつくさと呟いている千尋さんは、なんだか娘の恋愛を心配しているお父さんのようだった。私は延々、ぶつくさを続けそうな千尋さんを珍しく遮った。

「あっ、あのですね。その前に私、結婚してるんですよ？」

千尋さんは眼鏡の奥で、ぱちぱちと目を瞬かせた。

「結婚。……俺とですよね」

「ち、千尋さん以外にいませんよ」

「それは、その、そうですが……」

困ったように眉を顰める千尋さんに、私はようやく違和感の正体に思い当たった。

私達は法律上では歴とした夫婦だ。でもそれは恋や愛を経ていない結婚だった。

だから、千尋さんは私がシンさんに『恋』をしてしまうのではないか、と心配しているのだ。そして『愛』を育んで、本当に結婚してしまうかもしれない、と。

そんなことはありえない。

私は千尋さんを安心させるように、微笑みを浮かべた。

「大丈夫です。あの日――千尋さんが私を拾ってくれた時から、私は千尋さんのものですから」

テーブル越しにも、千尋さんが息を呑む音が聞こえてきた。

大きく目を見開いて、薄く口を開けている。

どうしたのかと、私は首を傾げた。

その仕草を見て、千尋さんは――ぎゅっと唇を噛みしめた。

眉間に深い皺を刻み、千尋さんは言った。

「はっきり言います。――真琴さんは俺のものではありません」

――まるで、両手で肩を強く押して、奈落の底に突き落とすような言い方だった。

事実、私は足下にぽっかりと大きな穴が開いたような気がした。自分のいる場所が一瞬分からなくなって、応接室の景色がぐるぐると渦巻くような錯覚に陥る。私はさあっと血の気が引いていく音を為す術もなく聞いていた。

千尋さんは固く口を閉ざして、じっと沈黙していた。

私は自分の手元に目線を落としたまま、動けない。

……私。私は、

「ご……ごめんなさい」

震える足を叱咤《しった》して椅子から立ち上がる。千尋さんが私を見上げて、眉を顰めた。

「真琴さん？」

「ごめ、んなさい。私、その……本当に――」

――私は、思い上がっていたんだ。

あやかしが視えるだけ、ただそれだけで契約として夫婦となっただけなのに。

ここにいてもいいのだと、許されているんだと、勝手に思い込んでいた。

それを『千尋さんのもの』だなんて、おこがましいにもほどがある。

私は自分の慢心を恥じ入っていた。今すぐにでも消えてしまいたかった。

「ごめんなさい……！」

足が勝手に動いていた。私は脱兎の如く応接室から出て行く。

気づいたら、階段を駆け上がっていた。階段近くの自室の戸を引き、閉める。

壁にもたれかかるようにして、蹲《うずくま》る。戸を閉めた部屋は静かだった。階段を上る足音は聞こえない。私は折りたたんだ膝を抱え、その間にじっと顔を埋めていた。


頭の中がふわふわとした白い靄《もや》に包まれている。夢を見ている、と頭の中の冷静な部分がそう呟いた。やがてその靄が晴れると、目の前に懐かしい光景が現れた。

『おかあさんにも、あの子がみえるの？』

ぼんやりと、幼い女の子の声が聞こえる。女の子の隣には若い夫婦がいて、慈しむように少女の小さな肩を抱いている。

……ああ、これは、夢だ。あたたかくて、優しい――昔の夢。

『ええ、視えるわ。可愛らしい鬼火ね』

『おにび？』

空には夜の帳《とばり》が下りていた。一軒家の庭でかすかに漂っているのは、色とりどりの光だった。女の子は――幼い私は指を差して、光を数える。

『いーち、にー、さーん』

『そんなにいるのかい？』

お父さんが面白そうに尋ねてきた。お母さんはくすくすと笑っている。

『そうよ、とっても綺麗。できたら、信之《のぶゆき》さんに写真を撮って見せてあげたいくらい』

『まこともー』

『いいなぁ、真琴は。母さんに似たんだね』

お父さんはあやかしが視える人ではなかった。訳が分からなかっただろうけど、そんな母娘を温かく見守って、受け入れてくれていた。

『真琴、今夜の景色を忘れないでいてね』

母の温もりが肩を通して伝わってくる。

『真琴は彼らと人の架け橋になれる。きっと将来、誰かの役に立てる。必ず必要とされるはずだから』

幼い私はそのほとんどを理解していないながらも、元気よく「うん！」と答えている。

そんな光景を、今の私は空からじっと俯瞰《ふかん》していた。

「……お母さん」

目尻にじわりと涙が浮かぶ。

「私、誰かの役に立てるのかな」

熱い雫が頬を伝う。

「いつか、誰かに必要とされる日が来るの……？」


……少し、眠ってしまっていたらしい。

膝から顔を上げると、時計が三十分ほど進んでいた。それほど時間が経っていないことに安堵して、でも眠る直前の出来事を思い出して、胸が塞がる。

再び俯きかけた私の頭上に、うっすらと人影が落ちた。

「やぁ、おはよう、真琴。悲しい夢でも見ていたのかい？」

シンさんの長い人差し指が、私の頬に残っていた涙を掬う。私は目を丸くした。

「シンさん、どうしてここに？」

「君の様子が気になってね」

「……あの、なんでもないんです。気にしないでください」

「それは気に掛けてくれと言っているのと一緒だよ」

なんだかんだと言って、シンさんは畳の上に座った。お客様が目の前にいるにもかかわらず、いつまでも三角座りでいるわけにもいかないので、私は居住まいを正した。

「シンさんはどうしてここに？」

「君に会いたかった、それじゃ理由にならないかな……なんてね。いや、求婚しておきながらなんだが、君のことをあまり知らないな、と思って。少し話をしないかい？」

私は言葉に詰まった。以前、さとりちゃんと初めて出会った時、千尋さんに『あやかしに名前を教えてはいけない』と言われたことを思いだしたのだ。それはきっと自分の内情や心情を知られてしまえば——それだけ危険なのかもしれない。

けれど、今は一人でいたくなかった。誰かと話したい気分だった。名前も知られてしまっているることだし、もういいか、なんて思った。

私は訥々《とつとつ》と身の上話を始めた。両親を交通事故で亡くしたこと、叔父一家に引き取られたこと、お見合いで千尋さんに夫婦としての契約を持ちかけられ、今に至ること——。

「なんだいそりゃ」

柔和な表情を崩し、シンさんは険しい顔をしていた。私は思わず肩を縮こまらせる。

「ごめんなさい、こんな話、聞いても面白くなかったですよね……」

「そういうことじゃないよ。君の今までの境遇に怒っているのさ。誰も彼も君を物扱いじゃないか、まるで便利な道具みたいに」

私はきょとんとしてシンさんを見つめた。

「それは……千尋さんも、ですか？」

「当たり前だ。さっき事情を聞いた時から思っていたが——この家を守るための契約だぁ？冗談じゃないよ」

シンさんは本気で憤慨しているようだった。腕を組んで、唇を尖らせている。

「ちょっとは骨がある奴かと思ったが、とんだ見当違いだったようだね。ますます君を娶《めと》らなければと固く心に誓ったよ」

「え……。あの、でも、千尋さんは……叔父さん達と違って良くしてくれます……」

脳裏に今朝の光景が過ぎった。千尋さんはお皿を割った私を咎《とが》めなかった。怪我をしてないかと心配してくれた。

「それは相対的によく見えているだけだよ」

シンさんにそう何度も言い含められると、心が揺らぐのを感じる。私はそれ以上、シンさんの口から千尋さんのことを聞きたくなくて、そそくさと立ち上がった。

「私、夕ご飯の準備をしてきます」

「今からかい？　なら、僕も手伝おう！」

意気揚々と膝を叩いたシンさんは、私の背中をぐいぐいと押す。

「あの、ちょっと、えと」

「ふふふ、本当に出来た夫はどっちなのか教えてあげるよ」

不敵な笑みを浮かべるシンさんに、私は逆らえなかった。……とりあえず、千尋さんが危惧していたように、押しに弱いのは明白だった。

私は台所に立つと、まずフライパンに酒を入れた。

次に、冷蔵庫から取り出したボウルの中身を確認する。最適な塩分濃度、最適な水温、最適な暗所で、アサリ達はのびのびとくつろいでいた。

「うん、しっかり砂抜きできてますね」

「ああ……」

隣に経っていたシンさんはボウルと、これから火を入れるフライパンを見比べている。

「残酷だ。居心地の良い場所を提供しておきながら、一気に煮え湯へ叩き込むなんて」

「え、ええと」

「いや、気にしないでくれ。仮の姿とは言え、ハマグリでもあるから、なんというか……どうしても、こう……」

そう口ごもりながら、シンさんは痛々しげに顔を背けてしまった。なんだか自分が極悪人のように思えて、ざるにあげたアサリをまじまじと見つめてしまう。

すみません、ごめんなさい！　と心の中で謝罪しながら、フライパンにアサリを投入する。のびのびと身を伸ばしていたアサリは突然の衝撃に、殻へ閉じこもってしまった。それを見てさらに罪悪感が募るけど、ここは心を鬼にして、火を掛ける。

「さ、さあ、僕は何をすればいいかな？」

若干狼狽えた様子のシンさんに、私は困り笑いを浮かべた。

「じゃあ、ベビーキャロットの皮を剥いてくれますか？」

「ふっ、ここは僕の腕の見せ所だね」

エコバッグからベビーキャロットを渡す。シンさんはまな板の上で器用に包丁を扱い始めた。赤みの強いベビーキャロットの皮がするすると剥けていく。その手際の良さに私は目を瞠った。

「器用なんですね、シンさん」

「料理のできる男、いいだろ？」

ここでやはりパチンとウインク。いつまで経っても慣れない私は「そうですね……」と乾いた口調で返事した。

シンさんが下処理してくれた鎌倉野菜を蒸し器に入れる。アサリの殻の開き具合を慎重に見定めながら、私はふとシンさんに尋ねた。

「そういえばシンさんはどうしてお嫁さん探しを？」

それもわざわざ海を渡って、危険な目に遭ってまで。

するとシンさんはふっと髪を掻き上げた。

「僕は知っての通り、蜃気楼を操る霊獣。君達風に言えばあやかし、かな。あやかしは皆、あやふやなものだよ。人間に認識されなければこの世に留まることすら危うい」

「そう……なんですか？」

「もちろん。下等な妖怪から、僕のような霊獣、神様に至るまで、全て人間の意識から発生した。それこそ蜃気楼のようなものだよ」

彼らは、美しくて、恐ろしくて、儚い――いつか聞いた母の言葉を思い出す。

「僕は欲しいんだ。僕を視てくれる存在、僕のそばにいてくれる人がね」

「だから人間をお嫁さんに……？」

「そう。そして君は僕を見つけてくれた。救い出してくれた。一目惚れだけど、ただ軟派ってわけじゃないんだぜ？」

私を真っ直ぐ見つめるシンさんの瞳は、青く輝く宝石のようだった。

直視できなくて、思わず目を伏せる。

――そこへ勢いよく、台所の引き戸が開いた。

ガラッという音に身を竦める。戸の向こうには湿り気を含んだ眼差しでシンさんを睨む、千尋さんがいた。

「真琴さんの部屋の結界を壊したな」

「愛しい人に会うのに邪魔だったんでね」

結界……？　よく分からないけど、もしかして千尋さんは私の部屋に、シンさんが出入りできないようにしていたのだろうか？

「これ以上、真琴さんに近づくな」

「おやおや、一応の伴侶ともあろう者が。よほど自信がないと見える」

「俺は冗談や挑発に付き合うつもりはない」

シンさん越しに見ても、千尋さんは明らかに怒っていた。さとりちゃんの時とは違い、容赦なくシンさんを祓《はら》ってしまいそうな勢いだ。

どうしよう、止めなきゃ。そう思うのに体が動かない。

――真琴さんは俺のものではありません。

そう突き放された時の光景が頭から離れない。

私がまごまごしているうちに、シンさんが言い返した。

「僕か、君か？　それは真琴自身が選ぶことだ。でなければ、それは対等と呼べる立場じゃない。――隷属《れいぞく》、というんだよ」

「……っ！」

千尋さんは頬を引きつらせて黙り込んだ。

それを見たシンさんは千尋さんを追い払うように手をひらひらと動かす。

「さぁ、僕らは忙しいんだ。君は部屋に戻りなよ」

千尋さんは引き戸の取っ手を、指先が白くなるまで握り込んでいた。が、やがてゆっくりと踵を返す。

「……書斎で仕事をしています。何かあったらすぐ呼んでください」

力のない声と共に、戸が閉められる。

私はそれ以上どうすることもできず、立ち尽くしていた。

結局、アサリの酒蒸しは失敗してしまった。シンさんと千尋さんが話をしている間に、火を通しすぎて身が硬くなってしまったのだ。

私は湯通しして味付けしたベビーキャロットの葉を刻み、アサリの身とご飯を混ぜた。水で濡らした手のひらで三角に握れば、アサリのおにぎりの出来上がりだ。

『ああ、火にかけた後、飯と一緒に握り込むなんて……』

という嘆きは、もちろんシンさんのものだ。

私はおにぎり二つとぬか漬けと麦茶を持って、二階へ向かった。

千尋さんと顔を合わせるには、まだ自分のなかで消化しきれていないものがある。

でも――このままじゃいけない、そんな気がして。

二階の廊下へ上がると、さとりちゃんとすれ違った。白いワンピースの裾を翻しながら、さとりちゃんは何故かぷうっと頬を膨らませている。

「ちひろのばか。まことのまぬけ」

「ええ？」

急に罵倒するなり、さとりちゃんはすいっと窓から庭へ出て行ってしまった。傾き始めた日を眺めながら、私は呆然とするしかない。

まぁ、私が間抜けなのは否定しない。けど、なんで千尋さんまで？

疑問を引きずったまま、千尋さんの部屋の前まで来る。襖の前から静かに声を掛けた。

「あの……真琴です。軽食を持ってきたんですけど……」

ややあって、襖越しにくぐもった声が聞こえた。

「……どうぞ」

いつも通り抑揚の少ない声色だった。そこからは何の感情も読み取れなくて、私はまるで暗闇の中を手探りで進むように、少しずつ襖を開ける。

畳の上に座布団を敷いて座り、文机に向かってパソコンのキーボードを打っている千尋さんの背中が見えた。背筋がしゃんと立っていて、後ろから見ても居住まいが美しい。そんな千尋さんを障子から透けた昼下がりの陽光が、淡く照らしていた。

私は部屋の半ばまで進むと、そっと丸盆を畳に置いた。

「ここに置いておきます。良かったら召し上がってください」

無言の背を見ているのがいたたまれなくて、私はそそくさと立ち上がろうとする。しかし、

「待ってください、真琴さん」

千尋さんが肩越しに振り向いたかと思うと、くるりとこちらへ向き直った。相手が正座をしていたので、私も思わずならってしまう。

声をかけたはいいものの、千尋さんは眼鏡の奥で視線を左右に彷徨《さまよ》わせていた。たっぷり迷ったあげく、千尋さんは丸盆に目を落とした。

「いただいてもいいですか？」

「も、もちろんです」

千尋さんはおにぎりを一つ手に取ると、口を開けてかぶりついた。線が細く見えるけれど、大きな手や節くれだった指を見ていると、立派な男の人なんだなと改めて思う。

親指に残った米粒を舌先で拾い、千尋さんはガラスコップに入った麦茶を呷《あお》った。ごくりと喉仏が上下する。千尋さんは、途端にふうっと大きな息を吐いた。

「――実はさっき、さとりに怒られました。また言葉足らずだ、と」

「え？　さとりちゃんが？」

そうか、さっきのさとりちゃんは千尋さんの部屋からの帰りだったんだ。

千尋さんは眉を顰めて、じっと手元を見つめていた。どこか言葉を探しているような仕草だったが、やがて私に真っ直ぐ視線を向けた。

「昼食の後、言いましたよね。――真琴さんは俺のものではない、と」

その台詞を繰り返され、私は背筋に氷の塊を入れられたように、ひやりとした。

叱られた子供のように小さくなる私に、千尋さんは言い募る。

「実は……ずっと気になっていたんです。真琴さんはいつも俺の顔色を窺っているみたいだと。何をするにも許可を取って、心配になるほど欲がなくて……」

胸の中にある一番柔らかい部分を、小さな針で刺されたようだった。

ぴりっとした刺激が走って、でもそれだけ。血は滲まない、すぐに傷は塞がる。

それでも……痛みは残る。

「真琴さんが生活してきた環境に原因があることは薄々感じていました。だからさっきはああ言ったんです。でもさとりの言うとおり、言葉足らずでまたあなたを傷つけてしまいました。許してください」

「……私……」

かすかな痛みを堪えるように胸を押さえて、背中を丸める。

すると千尋さんが僅かに身を乗り出した。かと思うと、両手が伸びてきて、私の肩をしっかりと掴んだ。

驚いて、思わず顔を上げる。

そこには真摯な眼差しがあった。


「――真琴さんは誰のものでもありません。あなたの人生はあなたのものだ」


一瞬、全ての音が遠のいた。

その代わりに、千尋さんの言葉が何度も頭の中で反響する。

まるで祝福のためになる鐘のように。

その声音は私の体の奥底まで響いて、胸の小さな痛みを取り去った。

「わ、私」

目の前の光景が滲んだかと思うと、ぽろりと大粒の涙が零れた。

「真琴、さ――」

「ごめ、んなさ……違うんです、私」

息を呑む千尋さんに、悲しんでいるわけではないと伝えたくて、何度も首を振る。けど涙は止まってくれず、その度に空中に雫がぱっぱっと散った。

「そんな風に言ってもらったことなくて。どうしたらいいか分からなくて……！」

みっともない泣き顔をこれ以上見られたくなくて、両手で顔を覆う。千尋さんは私の肩をじっと支えてくれていた。その温もりが心地よく、次第に感情が収まってくる。

「千尋さん、ごめんなさい……」

「いいんです、謝らないでください。俺の方こそ申し訳ない。契約なんて持ちかけて、あなたの人生の一部を借りてる身でありながら……」

「そんなことないです、だって千尋さんは私を助けてくれたんですから」

「それは俺も同じです。あなたに助けられています」

頭上に降る声は優しくて、また涙が溢れそうになってしまう。

「一緒に、少しずつやっていきましょう。俺は未熟者ですから、その方が助かります」

「そんな。千尋さんは立派な方です」

「買いかぶりすぎですよ」

珍しく少し冗談めかして言うと、千尋さんはゆっくりと手を離した。遠ざかる温もりが惜しいような、けれど少しほっとしたような、相反する思いを抱いた。

泣き腫らした頬を拭っていると、ぐううっとお腹が萎《しぼ》んだ。

その音が部屋に響き、私は顔を真っ赤に染めた。

千尋さんは一瞬呆気に取られていたが、可笑《おか》しそうに肩を揺らす。それから私の方に丸盆を寄せた。

「もう一つありますから、食べますか？」

「あぅ、いえ、それはでも千尋さんの分で」

「構いません、分け合いましょう」

千尋さん手ずからおにぎりを差し出されると、断るわけにはいかなかった。子供みたいに泣きじゃくって、ぐうっとお腹を鳴らして。もう……何やってるんだろう。

「い、いただきますっ」

私は半ばやけっぱちでおにぎりにかぶりついた。アサリと菜飯のおにぎりは自分でも美味しいと思える出来で、素直に喜んでいる胃がなんだか恨めしかった。


軽食をもらったので、夕飯はゆっくりでいいと千尋さんに言い含められた。

思いがけず感情のジェットコースターに乗せられた私は、全身にものすごく疲労を覚えていたので、千尋さんのお言葉に甘えることにした。

自室に入って戸を閉めると、私は畳にへたり込んだ。

「はああ……」

一人、頭を抱えて、うずくまる。焦げつくような羞恥心で、胸がいっぱいだった。

何か、他のことで頭を埋めてしまいたいな、と切に願った。

　ふと、箪笥の上に置いてあった、紙袋が目に入った。

「あ、そういえば、本……読んでなかったな」

　緩慢な動作で体を起こして、紙袋を手に取る。

　中にはブックカバーの巻かれた文庫本があった。

　私は壁に寄りかかって、三角座りをして、ぺらぺらとページを捲《めく》ってみた。

　――冒頭、夜の藪の描写に意識を引き込まれる。

　主人公と相棒の新聞記者が何者かに追われている。緊迫感のある場面に、胸がどきどきと高鳴った。

　かと思えば、気むずかしい主人公と、少しのんびり屋さんの社長令嬢・美冬さんのかみ合っているようでいないやりとりに、くすりと笑う。

「あ……でも、美冬さんって、確か」

　私は今朝の狭霧さんの言葉を思い出した。『美冬が退場するのはいただけない』――と、そう言っていたような。もしかしなくても、先の展開を知っちゃった……のかな。

　それでも読み進めれば読み進めるほど、止まらなくなった。

　小説が面白いのもあるけれど。自他とも認める口べたな千尋さんの文章は、言葉より雄弁にその内面を語ってくれているような気がして。

　読書に没頭したのなんていつぶりだろう。

　読んだページが半分を超えた頃、はっと我に返ると、部屋に茜色の光が差し込んでいた。

もう大分、日が傾いている。時計を見ると夕方の五時を回っていた。

「いけない、夕飯の支度をしなくっちゃ……」

本に栞《しおり》を挟んで、立ち上がる。

すると、背後に突如として気配が生まれた。

「何を読んでいたんだい、真琴？」

私はびくっと肩を竦めて、肩越しに振り返った。

そこには夕日を背に受けたシンさんが、綺麗な笑みを浮かべて立っている。

――どうしてだろう。

何か底知れぬものを感じて、私は口を噤んだ。

シンさんはすたすたと歩み寄ってきて、私の手の中からそっと文庫本を奪い取る。

「へえ、これが彼の著作か。どうだった、面白かったかい？」

「え……はい。とても……」

シンさんも読みますか？　と勧めてみようとしたけれど、うまく口が回らない。

「それはあの男が書いたから？」

今も尚、シンさんは美しく微笑んでいる。妖しい、という形容がぴったりくる表情だ。

「妬けるなぁ。僕はね、本気で君が欲しいんだよ。君は僕を見つけてくれた。ずっと考えていたんだ、どうしたら君は僕に振り向いてくれるだろうって」

薄い笑みを浮かべているシンさんに、私は言葉を詰まらせた。

「シンさん。私、と……千尋さんは、本当の夫婦じゃないです。でも、私――」

つかえつかえ言葉を紡ぐ私を遮るように、シンさんは言った。

「ねえ、真琴。とってもいいものを見せてあげる」

刹那、胸が痛いぐらいに鼓動を打った。

――逢魔が時。

あやかしがその本性をむき出しにする、という時間の名前を思い出す。

「目を閉じれば、そこは世にも美しい砂上の楼閣。甘やかな永遠の夢幻」

視界が端から、陽炎のように揺らいでいく。

遠のく意識の中、シンさんの声だけが聞こえた。

「蜃気楼と笑うなかれ。さぁ、ご高覧あれ――」


――賑やかな会話の音で、我に返った。

はっと目を瞬く。そこは食卓だった。

テーブルを囲んでいるのは、叔父さん、叔母さん、それに二人の従姉妹。みんな、大きな桶《おけ》に入ったお寿司を前にして、楽しげにしている。叔母さんが私に優しく呼びかけた。

「あら、真琴ちゃん。食べないの？」

「あれ？　どうしたの、真琴お姉ちゃん。お腹痛いの？」

「ったく、おやつ食べ過ぎたあんたじゃあるまいし。真琴、遠慮しないでよ。お客さんが来た時ぐらいしか、こんなご馳走出ないんだから」

「相変わらず、お前は一言多いなぁ、ったく」

ビール缶片手に、娘へ釘を刺したのは叔父さんだった。飲み始めなんだろうか、少し頬を赤らめて、私に笑いかけてくる。

「真琴ちゃん、まぐろ好きだったろ。叔父さんは酒さえ飲めりゃいいから、食べ食べ」

「あ、はい……！」

いつも気の良い叔父さん達家族に勧められた私は、遠慮がちに箸を伸ばす。お寿司は美味しかった。少しわさびが辛かったけれど。

叔父さんはちらりと壁掛け時計を見上げた。

「兄貴と真梨《まり》さんももうすぐ来るな」

「あと真琴ちゃんの婚約者さんも、でしょ？」

「え？」

婚約者。そう、そうだ、私には……。

そこへインターホンが鳴った。叔母さんが出て、訪問者を迎える。

ダイニングにやってきたのは背の高い男性だった。白く美しい髪を伸ばし、凪いだ湖のように穏やかな笑みを浮かべている。私は立ち上がった。

「シンさん」

「真琴、会いたかったよ」

突然の抱擁に、私は驚いた。従姉妹がきゃあきゃあと黄色い声を上げ、叔父さんが下手くそな口笛を吹いた。

「さすが、外国の人は違うわねえ」

叔母さんが顔を赤くしている。私も慌てて身を捩《よじ》り、シンさんの腕から逃れた。

「あ、あの、シンさん。恥ずかしいです……」

「ああ、すまない。真琴に会えたことが嬉しくてつい、ね」

シンさんは朗らかに叔父さん家族へ挨拶をした。見た目は綺麗で近寄りがたいけど、気さくなシンさんの性格に、親戚達もすぐ打ち解けたようだった。

「こんな好青年なら、きっと兄貴のお眼鏡にも適《かな》うな」

「どうかしら。真琴ちゃんは信之さんの宝物だからねえ」

「お二人とも、脅かさないでください。これでも僕は緊張しているんですよ?」

食卓があたたかな笑いに包まれる。

再び、インターホンが鳴る。叔父さん家族が浮き足立った。

「おお、噂をすれば来たぞ」

二人分の足音がする。

私は目を見開いて、廊下の向こうをじっと凝視した。

廊下と食堂を繋ぐ、のれんが捲られる。

そこにいたのは――。

「……お父さん、お母さん」

私を見つめて、微笑みを浮かべる両親だった。

胸が紐《ひも》で縛られて、締め付けられているようだった。

なんでこんな気持ちになるのだろう。

昨日だって、一昨日だって、当たり前のように会っているはずなのに。

「真琴、婚約おめでとう」

「私も嬉しいわ」

お父さんが穏やかな拍手をする。お母さんは少し涙ぐんでいた。

そして――私の頬にも雫が伝っていた。

とどまるところを知らない涙は、ぽろぽろと頬を伝って、足下に落ちていく。

「お父さん、お母さん、私……」

私は間違いなく幸せだった。

受け入れてくれる親戚がいて、優しくて美しい婚約者がいて、それを両親が温かく祝福してくれて。

これ以上ない、幸福な身の上。

それでも――私は泣くばかりで、笑うことができなくなっていた。

何故だろう、ぽっかりと心に穴が開いている。

そこにないものはとても大切なものだ、と私は知っていた。こんなに満たされているのに、決してここにあるものでは、ここにいる人達では埋められず、かといってこの空白を抱えて生きていくのは、どうしても耐えられないことを。

脳裏にざざっと砂嵐がかかった。

——『真琴さん』——

黒と白のノイズの向こうに、誰かの姿が見える。

——私を、呼んでいる。

「ごめんなさい……」

私は引き絞るような悲痛な声で謝罪した。

「叔父さん達も、シンさんも……お父さんもお母さんも。みんな、ごめんなさい」

「真琴？」

「どうしたの？」

父と母が両隣に寄り添う。その温もりは血の通った人のもの、あたたかな命ある人のもので、私は余計に泣きじゃくった。

「ごめんなさい、お父さん、お母さん。私、ここにいられないの。行かなくちゃいけないの」

本音を言えば、ずっとここにいたかった。

何もかも忘れて、このぬるま湯のような夢に浸っていたかった。

けど、私は気づいてしまったから。思い出してしまったから。

この光景が、砂上の楼閣であることを。

そして、

――『真琴さんは誰のものでもありません。あなたの人生はあなたのものだ』――

こんな私を認めてくれた人がいることを。

――『一緒に、少しずつやっていきましょう』――

こんな私の隣に寄り添って、共に歩んでいこうとしてくれている人がいることを。

「私、帰らなきゃ……ううん」

言葉が違う。私は緩く首を振った。

「帰りたいの。あの人のところに……」

「――真琴ッ！」

誰かが私の名を叫ぶ。それは叔父さんか、叔母さんか。はたまた両親かもしれなかったし、シンさんかもしれなかった。

「さよなら……」

景色が霧に包まれていく。真っ白に染まる視界の中、私は滲む目を必死に凝らした。

「さよなら、私の優しい夢――」

「――こと、さ……、真琴、さんっ……！」

途切れ途切れだった声が、私の名前を結ぶ。

はっと目を見開くと、普段の凛々しい表情を焦燥に歪めた千尋さんが、仰向けに寝ている私を覗き込んでいた。

「千尋……さん……」

舌っ足らずな口調で返すと、千尋さんは強張った頬をほっと緩めた。

しかしすぐ眼鏡の奥から鋭い眼光を放ち、部屋の隅を睨む。

「お前……」

そこにはやれやれと言わんばかりに首を振るシンさんが立っていた。

「まさか呪術も使えない只人が僕の蜃気楼を破るなんてね」

それは私のことだろうか……。つまり私はシンさんの蜃気楼に囚われた？

「あの夢は蜃気楼だったんですか？　それを私が……破った？」

「あぁ、そういうことさ」

こともなげに頷くシンさんを睨みながら、千尋さんが言った。

「真琴さんは深層心理まで囚われていました。俺でも術を破ることができたかどうか……。すみません、俺の失態です」

「そんな……」

どうにか千尋さんに抱きかかえられて、身を起こす。

千尋さんはシンさんに向かって気炎を吐いた。

「次に術を使えば敵対したとみなすと言ったはずだ。その覚悟はあるんだろうな」

「やるかい？　退魔士といえど、負ける気はしないね――と、言いたいところだが」

不敵な笑みを浮かべていたかと思うと、シンさんは悲しげに目を伏せた。その青みがかった瞳は私の方を向いている。

「……僕の負けだ。蜃気楼の中の真琴を見て思い知ったよ」

「え――？」

シンさんがあっさり白旗をあげたことに、私も千尋さんも呆気に取られていた。

私と千尋さんを見比べて、シンさんは諦観の交じった苦笑を浮かべた。

「君の心が分かってしまった、そういうことさ」


頭上に夜空が広がっている。外灯の少ない住宅街は、都会よりも星が多く見られた。

シンさんはこの家を出ると言った。だから私達は今、玄関まで送りに来ている。

「世話になったね」

そう言って肩越しに振り返るシンさんの背中は、言いしれぬ悲哀に満ちていた。

色々あったけど、私もなんだか寂しい気持ちになってしまう。鮮魚店でハマグリとして出会い、何かと手伝いをしてくれたシンさん。確かに蜃気楼に囚われた、と聞いたときは少し

怖かったけれど、本来は優しい——あやかしなのだと思う。だから、

「シンさん、また来てくださいね。ここはあやかしが集う場所ですから——」

「本当かい!?」

——さっきまでのしんみりした雰囲気はどこへやら。

満面の笑みを浮かべ、いきなりシンさんに手を取られた私は、素っ頓狂な声を上げた。

「その言葉を待っていたよ、真琴。しばらくは鎌倉に住む予定だから、また来るね。明日にでも来るね。なんなら今日は遅いし泊まっていこうかな?」

「——虚言癖ッ!」

私とシンさんの間に手刀を振り下ろして割り込んだ千尋さんは、素早く私を背に庇う。

「僕の負けだ、とか言ってたあれはなんだったんだ! この大嘘つきめ!」

「えー? なになに、何の話ー? 今回は僕の負けだって言っただけで、別に真琴を諦めたとか君を認めたとかそういうわけではないんですけどー?」

「はああ!?」

「フッ。大体、この僕がそんな簡単に花嫁候補を逃すとでも?」

モデルのような無駄に格好いいポーズを決めながら、シンさんは胸を張った。千尋さんの手がわなわなと震え出す。私は急いでその場を取り繕った。

「あ、あああ、あの、私はその大丈夫ですから。蜃気楼もなんとかなるっぽいですし」

「あれはたまたまです。それよりストーカー被害で警察に届け出ましょう、真琴さん」

「ハマグリはストーカーに入るんでしょうか……？」

「……真琴、いい加減貝類扱いはやめてくれないかな」

悲しげに呟いた後、シンさんは続けた。

「それにもう真琴に蜃気楼を見せるつもりはないよ。あれは僕が少し逢魔が時にあてられて焦ってしまったというか。紳士らしからぬ行動だったね、謝るよ、真琴」

「いえ、そんな。でも術を使わないのなら安心ですよね、千尋さん？」

「どこがですか。相手は不審者かつ色情魔で虚言癖のあるあやかしですよ」

容赦のない言い草に、シンさんの笑顔がぴきっと引きつる。うわぁ……そりが合わないってこういうことを言うのかぁ……。

「――ま。今日は真琴の優しい言葉に免じて、帰るとしよう。また僕が迎えに来るときまで、花嫁修業でもしておいてくれたまえ」

「何度言ったら分かるんだ。人とあやかしの婚姻なんて認められない」

口を思いっきりへの字に曲げる千尋さんに、シンさんはにやりと口角を上げた。

「それは実体験を元にした忠告かい？」

「……っ！」

千尋さんが息を呑む音を、私は間近で聞いていた。

実体験……？　人とあやかしの婚姻に、千尋さんは何か関係があるの……？

――例えばあやかしに好きな人がいるとか。

私が色々考えを巡らせている間に、シンさんは踵を返した。

「では、再見。また会おう、諸君」

そう言ってシンさんは両腕を夜空に伸ばした。

途端、その長身痩躯が、夜闇を撥《は》ねのけるような目映《まばゆ》い光に包まれる。

眩しさに一瞬目を瞑った私の前にいたのは——一匹の黒い龍だった。

顔も胴体も鱗も尻尾に至るまで、真っ黒な龍。

瞳だけが青く輝き、ちらりと私を視線で掠めて、目の下を柔らかく細める。

音もなく風もなく、龍は浮かび上がった。そうして家を囲む森の木々を越え、星々が輝く夜空に、吸い込まれるようにして溶けていった。

「本当に龍だったんですね」

「そうみたいです。まったく……見せ付けるみたいに」

千尋さんは不服そうに呟いた。確かに龍になったシンさんの姿は綺麗だった。彼のことだから最後の最後に印象づけたかったのかもしれない。

……私は、ちらりと千尋さんの表情を窺う。そこにはシンさんに『実体験を元にした忠告かい？』と指摘された時の表情はなく、ただただ疲れた表情を浮かべた横顔があった。

「家に戻りましょう。酷く疲れました」

「そ……そう、ですね。急いで夕食の準備をします」

「真琴さん？」

口ごもってしまう私に、千尋さんが眼鏡のブリッジを上げながら、怪訝《けげん》そうな眼差しを向けてくる。私はとっさに笑い繕った。

「きょ、今日は鎌倉野菜フルコースですよ。いっぱい食べてくださいね！」

「はぁ」

空元気なのを見破られてしまったのだろう。ただ千尋さんはその理由が分からず、戸惑っているようだった。

私は……おおいに困惑してしまっている。

だ、だって。恋愛事って私にはもっとも縁遠いものだったし。

身近な人が恋をしているなんて聞いてしまうとなんだか、どぎまぎしてしまう。

しかもそれがあの千尋さんだなんて。失礼かも知れないけど、いかにも硬派な人なのに。

あ、そうだ。もしも千尋さんに想い人がいるなら、恩に報いるためにも応援しなくちゃ。

私は手を握り合わせて、じっと千尋さんを見上げた。

「千尋さん、あまり力になれないかもしれませんけど、話くらいなら聞きますから……！」

「……ちょっとよく分かりませんが、真琴さんも相当お疲れですね。今日は店屋物にしましょうか」

「えっ、あ」

取り合ってもらえなかった……。やっぱり私じゃ頼りにならないかな、そう肩を落としていると、千尋さんが言い足した。

「明日の鎌倉野菜フルコース、楽しみにしてます」

千尋さんの淡い淡い笑みが、月明かりに照らされている。

それがすごく綺麗で。あたたかくて。

ずっと見ていたい気持ちに駆られる。

「……はい！」

なんて、それだけで元気な返事をしてしまう私は、自分でもすごく単純だな、と思った。

挿話　バターレモン・シュガー

「――何を隠そう、これがかの有名な浅草亀十《あさくさかめじゅう》のどら焼きさ！」

俺の担当編集である狭霧さんが珍しく、手土産を持ってきた。

彼女はいつも通り勝手知ったる自宅の如く、庭から縁側に上がってきた。そして昼食を終えたばかりの俺と真琴さんの目の前に、紙袋をどんと食卓に置いた。レトロな亀甲模様が描かれた紙袋の中には、どら焼きが所狭しと入っていた。

「さぁさぁ、遠慮なく食べてくれたまえ」

たまさか土産を持ってきたと思えば、狭霧さんは得意に得意を塗り重ねたような顔をしている。いつもタダ飯を喰《む》らっていくくせに。

それにひきかえ純真無垢な真琴さんはというと、きらきらと目を輝かせた。

「わぁ……！　話には聞いたことがあります。浅草の老舗の和菓子屋さんですよね？」

「さすがは真琴くん、お目が高い！　かく言う君の旦那様はピンと来てないようだがな」

俺は少々むっとした。菓子に詳しくなくとも特段、人生において損はしない。

それよりも狭霧さんの『旦那様』という言い回しが気になった。

そう。何を隠そう、俺とこの真琴さんは夫婦である。つまり結婚した。それも見合いの場で一も二もなく結婚を決めたのだ。

ただ、一目惚れとか運命とか、そういう歯の浮くような表現ができる状況ではなかった。しばしば話に聞く『契約結婚』――つまり、互いの利害が一致したのだ。

真琴さんは十八歳になったばかりで、親戚の家を追い出されようとしていた。大学への進学を許されず、就職活動もろくにしていなかったので、仕事もない。一人では暮らしていけない、と泣いていた。

そして、俺は――。

「わあ、一つ一つずっしり重みがありますね」

「だろう？　けど、これがぱくぱくいけてしまうんだ」

どら焼きを囲んで話に花を咲かせている二人を、蚊帳《かや》の外から眺める。

そうこうしているうちに、居間の襖の隙間からするりと柔らかな仕草で猫が入ってきた。長い尾は付け根から二つに分かれている。真琴さんはいち早く猫に気づき、手招きした。

「あっ、たまちゃん。おやつがあるよ、おいでおいで」

んぁ、と高く鳴いたのは、猫又の『たま』だった。三毛猫のオスで、いつの間にかこの家に棲《す》み着いている。

「あっ、でもたまちゃんってあんこをあげても大丈夫なんでしょうか……？」

「少し待ちたまえ。……ふむふむ、ネットで調べたところによると、少量なら大丈夫らしい」

「相手は猫又ですよ、狭霧さん」

心配そうに疑問を口にした真琴さんと、スマホでその答えを調べる狭霧さんに、思わず突っ込んでしまう。あやかし相手に動物たる猫の常識が通用するとは思えないが。

と、そこへ。

「いいにおいがする」

特徴的な抑揚のない少女の声が、天井から響いた。白いワンピースにぬばたまの長い黒髪をなびかせ、空中を浮遊しているのは、覚というあやかしだ。

「さとりちゃんも食べる？」

「うん」

真琴さんにさとりと呼ばれた少女は、音もなく居間の畳に降り立った。

どら焼きはそれぞれ皿に分けられ、さとりは食卓で、たまは畳の上で、食べている。

俺と真琴さん、二人きりだった居間が一気に賑やかになるのを、不思議な気持ちで見つめていると、狭霧さんがすすっと寄ってきて、俺に耳打ちする。

「悪いね、夫婦水入らずのところを邪魔してしまって」

「別に……普通に過ごしていただけです」

「みなさん、お茶が入りましたよ」

真琴さんが緑茶を淹れてくれる。おやつ時には早いが、せっかくなのでいただくことにした。

　行列ができることで評判だという浅草の店のどら焼きは、なるほど、確かに美味かった。ふわふわとした生地は歯触りがいい。中の粒あんは甘味が強く、だが決して甘すぎるといった印象は受けない。小豆の風味がしっかりしていて砂糖に負けていないのだろう。その生地と餡《あん》が口の中で合わさると、一体感のある味になる。

　俺でさえ好ましいと思うのだ、真琴さんはどら焼きを幸せそうに頬張っていた。

「お、美味しい……！　こんなに美味しいどら焼き、生まれて初めてですっ」

「そうだろう、そうだろう。さとりはどうだい？」

「ふわふわ、あまい」

　さとりはにこりと微笑んだ。狭霧さんは当然のようにあやかしへ話しかける。

　さもありなん、狭霧さんもまたあやかし――鎌倉山出身の天狗だ。だからいつも庭に降り立っては、風に紛れて家の中へと入ってくるのである。ちなみに普通に玄関から出入りしてほしいと何度も訴えているのに、一向に聞かないので、もう諦めた。

　そばから「なあぁ」と鳴き声が聞こえる。猫は少量にすべしと言われていたのに、たまはどら焼きにがっついている。半ば呆れて見守っていると、真琴さんから尋ねられた。

「どら焼き、千尋さんはお好きですか？　どうですか？」

　生まれつきだろう、深い栗色をした髪がふわりと肩に掛かっている。桜色のカーディガンに包まれた半身は、触れたら折れそうなほど華奢だ。

それでもこの家にきた当初に比べれば、真琴さんの表情は明るかった。日本人にしては色素が薄い瞳は、縁側から差し込む初夏の日差しを受けて、琥珀のように輝いている。以前は青白かった頬には血色が戻り、十八歳という若さ以上に瑞々しい印象を受ける。

俺はなんとなく、頷く振りをして視線を手元に落とした。

「美味いです」

脳には糖分が必要だということもあり、執筆中に菓子を少しつまむことはままあった。最近は真琴さんがわざわざお茶と一緒に菓子を持ってきてくれることがある。それは羊羹《ようかん》だったり、大福だったり、落雁《らくがん》だったりした。どれも鎌倉へ行ったついでに買ってきたり、ご近所からもらったおすそわけだったりするらしい。

狭霧さんからはしばしば言われるが、俺はこの通り朴念仁なので、真琴さんがこうしてあやかしの世話を焼いたり、近所づきあいをしてくれたりするのはありがたい。実を言うと俺からの『契約条件』はそれだった。

俺は訳あって、この家を親友から預かっている。

見ての通り、あやかしが集う不思議な家を。

ただ古民家を管理するならまだしも、あやかしがいるとなると一人で家守するにはやや難しい。そこで偶然にも見鬼《けんき》の能力を持っていた、見合い相手の真琴さんに白羽の矢が立ったわけだ。悪く言えば、渡りに船、いったところかもしれない。

とにもかくにも俺と真琴さんはこうして暮らしを共にしている。

この家で。

俺の守るべき親友の――遠原の家で。

「ふむ。残りは一つか。真琴くん、君が後で食べるといい」

ふと、狭霧さんが紙包みを覗き込んだ。真琴さんは目を丸くする。

「え？　あ、でも他のあやかしさん達にも……」

「数が足りないだろう？　喧嘩になるからやめておきなさい。あやかしというのは存外子供っぽいものだからね」

狭霧さんはぽんと膝を叩き、話に区切りを付けた。

「では私はそろそろ社に帰るかな。予定より一時間も長く昼休憩をとってしまったよ」

縁側への障子戸を開け、狭霧さんは見えざる力で風を巻き起こした。手にはいつのまにか黒いパンプスがある。真琴さんは髪を押さえながら笑顔で手を振った。

「狭霧さん、どら焼きご馳走さまでした。また来てくださいね」

「新妻どのにそう言われちゃこないわけにはいかないなぁ、千尋？」

「俺は何も言ってません」

常のように釘を刺すも、まさにどこ吹く風で、狭霧さんは一陣の突風とともに消えた。

真琴さんの傍らにいたさとりが、余った自分のどら焼きを見た。

「これ、こだまのおじいちゃんにあげてもいい？」

木霊とは、木に宿る精霊のことだ。庭の桜の木に宿っていて、白い老犬の姿をしている。

「そうだね――って、千尋さん、やっぱり犬にもあんこはよくないのでしょうか？」

「大丈夫だと思います。あくまであやかしなので」

俺の膝元で、猫又のたまは口の周りについたあんこをぺろぺろと舐《な》めている。

「なるほど。じゃあ、さとりちゃん、木霊さんにもお裾分けしておいてくれる？」

「はぁい」

さとりは嬉しそうにするりと縁側から出ていった。

真琴さんは今度こそ食器を片付けながら、夢見心地の表情を浮かべていた。

「はぁ……亀十さんのどら焼き、美味しかったです……」

甘味はどうやら真琴さんを幸せにするらしい。俺はやんわりと目元を緩めた。

「どうせなら、今度は洋菓子を頼みましょう」

「えっ、狭霧さんにですか？　そんな、悪いですよ」

「真琴さんの料理を、朝昼晩問わずほぼ毎日食べにくるんです、それぐらい要求して然るべきだと思います。好きなものを教えてください、俺が狭霧さんに言っておきます」

「そんな、恐れ多いです……。それに私、スイーツというものにあんまり詳しくなくて」

「……詳しく、ない？」

その言い方がほんの少し引っかかった。はい、と頷いて真琴さんは続ける。

「あんまり、縁がなかったものですから。ケーキもショートケーキくらいしか。叔父さんの会社のお客様にお茶出しをしていたので、お茶請けの和菓子は少し分かるんですけど」

……ちょっとすぐには理解できなかった。

俺は頭の中で一生懸命、真琴さんの言葉を咀嚼して、言い含めるように尋ねる。

「知らない、んですか？　例えば……パンケーキとかワッフルとか……」

「も、もちろん、話には聞いたことありますよ！　ふわふわのやつですよね？」

何処か知らない国の話をしているような真琴さんの様子に、俺は愕然《がくぜん》とした。

真琴さんはほんの数か月前まで、高校生だった。普通の女子高校生なら、友人と一緒にそういうスイーツの類を食べに行くものだと思っていたのだ。世間から切り離されたような生活を送る俺ですら想像できる、普通の日常だ。

……それすらも叔父に許されなかったということか。

俺は真琴さんに露見しないよう、前髪の奥で眉間に皺を寄せた。彼女の境遇を思うと、言い知れぬ焦燥感に襲われて、気づいたら口を開いていた。

「以前、鎌倉の方に有名なクレープの店があると狭霧さんに聞いたのですが」

「クレープ……薄い生地に具材を載せて巻くものですよね？　知ってますとも！」

必死に知識をアピールする真琴さんに、俺は大きく頷いた。

「ええ、それです。――今日、食べにいきましょう」

「はいっ。……えっ？　今日ですかっ？」

「都合が悪ければ、明日でも。明後日でも。ただ、できるだけ早急に」

「え、ええと、いえ、今日で大丈夫、ですが……」

「では、仕事の打合せと原稿があるので、夕方の六時頃になりますが、いいでしょうか？」

「は、はい」

真琴さんは戸惑い気味に頷いた。俺は少し急いてしまっただろうか、と危惧し、焦りを隠すために眼鏡の弦を指で押し上げる。

「あの……すみません、嫌なら断ってください」

「とんでもないです！」

真琴さんは頬を紅潮させて、花が綻ぶような笑みを浮かべた。

「ありがとうございます……。すごく楽しみです」

身長差があるので、自然と上目遣いになる真琴さんの視線は、じっとこちらに向けられている。俺は何故か、固く両腕を組んだ。

「それは良かった」

言って、俺は真琴さんが盆にまとめた食器を、台所まで運ぶ。

「あっ、私、やります」

真琴さんは慌てたようにぱたぱたと追いかけてきた。あまり真琴さんの仕事を奪ってもよくない、とこの数か月で学んだ俺は、後のことを彼女に託した。

「ではまた、夕方に」

「はい。お仕事、がんばってくださいね」

真琴さんはにこにこと微笑んで、二階の書斎へと向かう俺を見送ってくれた。

一向に進まない原稿を前に、俺は溜息をついた。

今、俺の頭を悩ませているのは、先日発売された新シリーズの続きの展開だ。ヒロインの令嬢・美冬は、海外渡航の旅へと出てしまう。それを主人公は止めずに、見送ってやる。――先日、狭霧さんと意見が分かれたラストでもある。

執筆は終盤まで差し掛かり、いよいよ別れの場面にとりかかろうというところで、筆が止まってしまった。

原稿の中の美冬が、複雑な表情で言った台詞を見つめる。

――『もしかしたら、私たちが夫婦となる未来もあったのでしょうか』――

――『いいえ、いいえ、さようなら。きっと二度とお目にかかることはないのでしょう』

――

もう一度、長い溜息を吐く。

何もかもうまくいけば、没入感を損なってしまうのではないか。そう言って、狭霧さんの反対を押し切ったのに。

何故だろう、今の俺には――美冬の旅立ちがどうしても書けないのだ。

俺はもう一度嘆息して、原稿から目を離した。

この家に元々あった古い文机の上には、ノートパソコンが置いてある。自分で言うのもなんだが、なかなかのちぐはぐ感だ。

結局一文字も書けないまま、はっとして目を上げる。

時計がちょうど午後五時五十分を指し示していた。

良かった、とほっと胸を撫で下ろす。俺はノートパソコンを閉じ、仕事を切り上げた。

書斎を出て、二階の廊下を進み、階段を降りる。

一階に行くと、ちょうど台所から廊下に真琴さんが出てきていた。

「お疲れ様です」

「真琴さんも……。って、あれ？」

俺は真琴さんの格好を見て、思わず首を傾げた。昼間と着ている服が変わっていたのだ。

さっきは小花柄のワンピースだったのに、今はグレーのサマーニットに、白いレーススカートを穿いている。

言わんとしていることに気づいたらしく、真琴さんはやや頬を染めて言った。

「せっかくのおでかけなので、この前、買って頂いたお洋服を……」

この間の『レンバイ』での出来事以来、俺は真琴さんが持ち物を増やすよう、なにかにつけては買い物に連れ出した。洋服や靴、装飾品の類は、大船《おおふな》のルミネで一気に買った。そのおかげもあって真琴さんの持ち物はそれなりに増えた。……といっても、俺から見てもやっと人並みか少ない方だとは思うが。

「へ……変でしょうか」

「いえ、お似合いです」

すると、真琴さんはますます顔を赤くして、肩を縮こまらせる。

さすがの俺にも照れているのだろうと分かり、胸の辺りがむずがゆくなった。

「その……行きましょうか」

「はい」

真琴さんは俯いていた顔を上げ、目を細めた。俺はやや急ぎ足で玄関へと向かった。


江ノ電の車窓に、鎌倉駅のホームが映る。

初夏の日はそれなりに長く、まだ日没までは至っていない。夕焼けと宵闇の美しいグラデーションが、遠く鎌倉の街並みの向こうに見えた。

やがて電車が停止する。鎌倉駅到着のアナウンスを聞きながら、他の乗客と足並みを揃えて車内から出る。真琴さんは鎌倉の人混みにまだ慣れないようで、ちょこちょこと危なげに足を動かしている。俺は自然と彼女を庇うような立ち位置を取った。

夜の鎌倉駅周辺はまだまだ人が多かった。といっても、日中に比べればましだが。観光客はそろそろ帰る算段をしているのだろう。ＪＲの改札口はとても混雑していた。

人と人の間を泳ぐようにして、俺達は鎌倉駅西口を目指した。

江ノ電の改札を抜けると、タクシー乗り場になっているロータリーが広がっていた。駅から出て行く人々にはサラリーマンが多く見受けられ、皆、それぞれ家や店を目指している。

小町通りや鶴岡八幡宮のある東口に比べれば、まだこちらはそれほど観光客が多くない。

それでも一応、商店街はある。

「御成通《おなりどお》りの方に行きます」

「はい」

真琴さんは唯々諾々と俺についてくる。その息が少し上がっている気がして、はたと気づいた。意識して歩幅を狭くする。以前、レンバイに行ったときも、こうして真琴さんと歩みを合わせたのを思い出した。

「あ……ありがとうございます」

真琴さんもまた聡くそのことに気づいたようだった。いえ、と軽く返し、俺は隣に並んだ彼女をちらりと見やる。

真琴さんは夜風にふわりとレーススカートの裾をはためかせていた。上のニットは襟が広めに開いているので、少々寒々しい。そういえば女性は春や夏にもマフラー……じゃなかった、なんだったか、そう、ストールという薄手の襟巻きを身に着けるらしい。確か前作の校正で注釈に付けられていた知識だ。

それがあれば、もっと真琴さんの姿が華やぐのだろうと思った。

今度また、時間ができたら大船まで出るか……。

「千尋さん？」

視線に気づかれて、内心ぎくりとする。が、そんなことはおくびにもださず、俺は御成通り商店街を進んだ。

「もうすぐだと思います」

言ったそばから、目当ての店が現れた。

緑色のオーニングシェードが目印だ。看板には『クレープ』とだけ大きく書かれていて、いっそ潔さを感じる。やはり人気店というのは伊達《だて》ではなく、この時間になっても、テイクアウト専用の窓から観光客グループが一組、クレープの包みを受け取っていた。

店内の客が連れてきたペットだろうか、その観光客の女性の足下に小柄な犬がじゃれついていた。ポメラニアンだ。が、クレープに目を奪われている女性は犬を顧みることはない。おこぼれに与《あずか》ろうとしたのだろうか、犬は足を止めて諦め、しゅんと尻尾を垂らしていた。

一方、温かな光が漏れる店内もそれなりに席が埋まっていた。

「わぁ……人気なんですね」

これまた緑色に塗装されたドアを開けると、エプロンを付けた店員が笑顔で出迎えた。

「何名様ですか？」

「二人です」

「では、こちらのお席へどうぞ」

狭い間口に比べて、店内はなかなか広かった。木目の天井に深みのある緑色の床、オフホワイトに塗られた壁。置かれている椅子もテーブルも飴色に輝いていて、どこか懐かしさを感じる。俺達は一番奥のソファ席に通され、向かい合って座った。

真琴さんはしきりに店内を見回していた。はわ、とか、あわ、とか言っている。その様子が完全にお上りさんなので、俺は彼女に聞こえないよう密かに苦笑した。

「何にしますか？」

俺は真琴さんに向けて、メニュー表を開く。忙《せわ》しなく首を巡らせていた真琴さんは、はっと我に返った。

「あっ、はい、ええと……」

真琴さんは食い入るようにメニューを見つめている。俺もざっと目を通してみる。バターシュガー、レモンシュガー、シナモンシュガー、ココアシュガー……等々。

正直、味が違うんだろう、ということぐらいしか分からない俺をよそに、真琴さんは口に手を当てて考え込んでいる。

「バターシュガー……美味しそう……でもレモン……も捨てがたいし、でもバター……」

といった具合に、バターとレモンの間を行ったり来たりしている。さすがに見かねた俺は、一つ提案をした。

「どっちも注文しましょう。半分ずつにするのはどうですか？」

「えっ！　そんな、いいんですか？　でも千尋さんの食べたい分は……」

「俺には……その、正直よく分からないので。真琴さんの好きなものを選びましょう」

「では、お言葉に甘えて……ありがとうございます」

真琴さんの目元がふにゃりと緩んだので、俺は自分の行動が正解だったと知る。

飲み物と合わせて、店員に注文を頼んだ。すぐに運ばれてきた熱い紅茶に口を付けながら、ちらりと向かいのカップを覗き込む。瑪瑙色の水面に映る真琴さんの表情は、尚もふんわりと微笑んでいた。

俺は気づくと口を開いていた。

「楽しみですね」

真琴さんは目を瞬かせていたが、やがて大きく頷いた。

「はい」

ようやっと紅茶のカップに口を付けた真琴さんは、改めて店内を見回す。

「とても素敵なお店ですね……。千尋さんはいらっしゃったことがあるんですか？」

「いえ、話に聞いただけです。狭霧さんのお気に入りの一つですよ」

あの天狗編集者は食欲の権化である。美味しい飲食店の情報なら、同じ出版社が出しているグルメ雑誌よりも詳しいに違いない。

などと苦々しく思っていると、真琴さんがふと俯いた。その表情には先ほどまでなかった影が差している。どうしたのだろう。

「千尋さんと狭霧さんって仲が良いですよね……。失礼ながら、その、もしかしてお二人は、好き合っ」

「──天地がひっくり返ってもないです」

真琴さんがおぞましいことを口にしようとするので、即座に止めた。真琴さんは鳩が豆鉄砲を食らったような微妙な顔をしていた。

「でも……。お二人って傍《はた》から見てもお似合い、だと……思います」

「地球が真っ二つに割れてもないです。というか、一応、俺は――」

俺は弱り果てて、眉根を寄せた。

「妻帯者、なのですが」

自分で言っていて、舌先がむずがゆい。一方の真琴さんもやや頬を紅潮させていた。

「あっ、そ、そう、でした。そうですよね……」

低いテーブルの向こう、白いスカートの上で、真琴さんの細い指同士がもじもじと触れあっている。俺が助けを求めるように視線を店内へ逸らすと、ちょうど店員がクレープを運んでくるところだった。

「お待たせしました、バターシュガーとレモンシュガーです」

女性店員の明るい声音と表情が、場を和ませてくれる。

皿に置かれたクレープからは香ばしい香りが漂ってきていた。

「わぁ……！」

真琴さんが両方のクレープを見て、目を輝かせる。茶色がかった瞳は宝石のように光り、煌めいていた。連れてきて良かったと思っていると、女性店員がふいに話しかけてきた。

「ふふ、半分こされるんですよね？」

半分こ、という響きに胸の片隅がちりっとした。店員は「ごめんなさい、さっきお話が聞こえちゃって」と付け加える。真琴さんは恥ずかしげに俯いた。

「あ、あの……その、どっちも、いただきたくて、選びきれなくて……」

「分かります、私も日頃から『バターレモンシュガー』ができないかなって思ってますもん。お二人だと分けっこできるんですよね。仲が良くて、うらやましいです」

　ではごゆっくり、と店員は去って行った。

……なんだろう、ソファが革張りだから蒸れたのだろうか、やけにジーンズの太ももあたりが汗で張り付いている。

「す、すみません、食いしん坊で……。ううっ、恥ずかしい……！」

　そのまま両手で顔を覆ってしまった真琴さんに、俺は妙な強張りが抜けるのを感じる。

「食べるのは結局一つ分ですから、別に食いしん坊ではないと思います」

「そうでしょうか……。で、でも狭霧さんやみんなには内緒にしてくださいね」

　頼まれなくても言うつもりはなかった。特に狭霧さんに『真琴さんとクレープ店に行った』などと知れたら、なんとからかわれるか分からない。

「とにかく冷めないうちに食べましょう」

「あ、はい、そうですね」

　ちらっと目を上げると、控えめな真琴さんの視線と鉢合う。何故かお互い、再びクレープにささっと目を落とした。

「いただきます」

「は、はい。いただきます」

二人とも律儀に手を合わせて、紙に包まれたクレープを手に取る。

そういえばどっちがレモンでどっちがバターなのだろう、と思いながら一口囓《かじ》る。

外側の生地のさくっとした食感と、内側のもちっとした食感の差が面白い。甘い砂糖が舌の上を過ぎると、すぐにさっぱりとしたレモンの味が口一杯に広がった。どうやらこちらは『レモンシュガー』のようだ。

真琴さんは幸せそうに頬をもぐもぐと動かしている。その様子に俺は思わず尋ねた。

「美味いですか？」

「はい、とてもっ。パリパリしたクレープの生地にバターが染みこんでて、お砂糖は粒が大きくて食感も楽しいし。もう最高です……」

などと、テレビの食レポ顔負けの感想を呟いて、うっとりしている。

俺はふと手元に視線を落とした。クレープは美味いといえば美味い。特別甘味を好いているわけでもない俺でも。だが、きっと真琴さんは俺の何倍も、嬉しそうに美味しそうに食べるのだろうと思うと、なるべくこちらも多めに残しておこうと思った。

結局、七割ほどを残して、最後の一口を食べる。レモンの爽やかな風味は、涼風のように鼻から抜けていった。

「そろそろ交換しますか？」

「はい。あっ……でも千尋さんの方、まだかなり残ってますけど……」

「いいんです」

遠慮しそうな真琴さんに先んじて、バターシュガーの方に手を伸ばす。包み紙を持っていた真琴さんの指に指が触れた。

無骨な男の指とは違う、柔らかい感覚が指先から伝わってくる。真琴さんはそれに気づかず、急に動きがぎこちなくなった俺を見て、無垢な様子で小首を傾げていた。

「千尋さん？」

「……もらいます」

何故か強張る体を無理矢理動かして、クレープを交換する。ありがたいことに真琴さんの意識は次なるクレープにもっていかれたようだった。

「わぁ、こっちも美味しそう……。いただきます」

「いただきます」

俺は何かに急き立てられるようにして、バターシュガークレープにかぶりついた。真琴さんの言うとおり、生地に染みこんだバターが砂糖の甘さを引き立て、こくのある味を口の中に運ぶ。やはり美味い――とは思うのだが、さっきほど味がよく分からない。

「レモンも美味しい……！　甘酸っぱくて、なんだか初々しい感じ。はっ、もしかしてきっとこれが初恋の味というやつでしょうか？」

とんでもないことを言い出した真琴さんに、紅茶を吹き出しかける。自分が興奮していたことに気づいたのだろう、真琴さんは茹で上がったような顔をして、深く俯いた。

「って……なに言ってるんでしょう、私……」

俺は笑いを堪えきれず、誤魔化すようにナプキンで口元を拭った。

「小説の描写の参考になりそうです」

「や、や、やめてくださいっ」

真っ赤な顔で両手を振る真琴さんに、俺は我慢しきれず軽く吹きだした。

クレープを食べ終わり、ゆっくり紅茶を飲んでいると、真琴さんが不意に尋ねてきた。

「あの……変なことをお尋ねするんですが、千尋さんって『瑞穂町《みずほまち》』というところに行かれたことはありますか？」

聞き覚えのある町名だった。俺は記憶を辿り、ああ、と頷く。

「確か、西多摩《にしたま》にある町ですよね。……遠原の実家がそこにありました。一度、遊びに行ったことがあります」

真琴さんは大きく目を見開いた。

「私、その……そこに十二歳から住んでいたんです」

というと、親戚の叔父の家か。

俺は表に出さないようにしながらも、苦々しい思いを隠せなかった。真琴さんは両親を事故で亡くし、叔父の家に引き取られた。あまりいい待遇を受けずに育ち、今に至る。どうやら住んでいたのは、あまり都会ではなかったらしい。人混みに慣れていないのにも頷ける。

「それで、その……幼い頃、恩人に出会ったんです」

「恩人？」

「あやかしが視えることを、叔父に責められて泣いていた時です。年上のお兄さんが『自分も視えるから』と私を元気づけてくれて」

真琴さんは俺をじっと見つめた。何かを訴えかけるように。

期待さえ込められているようなその視線の意味が分からず、俺はつと眉を寄せる。

「どうしましたか？」

「い、いえ――」

何か言いたげな真琴さんだったが、黙りこくってしまう。

そうして気を取り直したように、話題を変えてしまった。

「遠原さんってあの家の持ち主で……千尋さんのご友人ですよね。どんな方なんですか？」

唐突に問われ、俺はふっと視線を店の壁に投げかける。

緑色に塗られた壁に、親友の面影が映っては消えた。

「一言で言うと……不思議な男です。遠原がいるだけで、その場が和んでしまうような」

「優しい方なんですね」

真琴さんは柔和に目を細めた。

「遠原さんがお帰りになったら、私もちゃんとご挨拶させていただきたいです」

「……ええ、そうですね。お願いします」

俺は紅茶のカップに唇の先を沈める。真琴さんは無邪気に質問を重ねた。

「そういえば、遠原さんとはどこで出会われたんですか？　……って、あ、すみません、なんだか色々聞いちゃって」

「構いません。けど……それは、少し長くなる話ですね」

「もし良かったら聞かせて欲しいです。その方が遠原さんを身近に感じられますし」

確かに真琴さんには、ほとんど遠原の話をしていなかった。

あいつの家に住んで、一緒に『家守』をしているというのに。

「では、途中で飽きたら教えてください」

俺はカップをソーサーに置きながら、口を開いた――。


――大学に入学して、すぐのことでした。

その日は小雨が降っていて、春なのに少し肌寒かった。空がやけに暗かったのを覚えています。俺は雨足が強くならないうちにと、下宿への家路を急いでいました。

大学の近くの小道に、同じ大学生と思しき男がしゃがみ込んでいました。傘も差さずに。けどよく見ると、傘はすぐ傍に置かれていて、道にうずくまった子猫を守っていたんです。

周囲に人通りはありませんでした。本来なら俺はそんな場面に出くわしても、通り過ぎるような人間です。少なくとも当時の俺はそうでした。……家を出て、独り立ちをしたばかりで、あまり余裕がなかったものですから。

ただ、その時は彼と猫が気になって仕方なく、立ち止まったんです。

足を止めたはいいものの、どう声をかけたらいいか分からず、俺は黙って彼の上に傘を差し出しました。すると彼は肩越しに振り向いて、微笑みました。

「……ありがとう」

しばらくそのままでいると、遠原は言いました。

「俺は遠原幸壱。君は？」

いきなりの自己紹介に戸惑いながら、俺は流されて答えました。

「英千尋」

「そうか、千尋。ありがとう」

遠原は整った顔立ちの男です。笑うと薄く頬にえくぼができます。誰からも好かれるような優しい面差しです。俺はすっかり警戒心を解き、尋ねました。

「捨て猫か？」

「うん……。大分弱っているようなんだ」

子猫は三毛猫でした。ええ、ちょうどうちのたまのような。毛は雨のせいですっかり汚れていました。呼吸は浅く、ゆっくりとしていて、今にも止まってしまいそうでした。見た限り、怪我はしていません。病気かと思いましたが、途端、俺の視界に黒いもやが映りました。

……子猫は何かに憑《つ》かれていました。そのせいで痩せ細り、弱り切っていたのです。

俺は眉根を寄せて、遠原に言いました。

「可哀想だが、もう諦めた方が良い。……助からない」

退魔士である俺には、いくらでも憑きものを祓う用意がありました。けど原因を取り除いても、すでに子猫が助からないことは明白でした。

それに子猫が死ねば、今度は遠原に憑きものが移りかねませんから、すぐにでも遠ざける必要がありました。それを只人にどう伝えればいいものか、俺が思案していると——。

「この子に憑いているものはなんだろう」

俺は大きく目を見開き、思わず言ってしまいました。

「まさか、視えるのか？」

遠原もまた俺を見上げ、それから事もなげに頷きました。

「ということは、千尋も？」

「あ、ああ。一応、退魔士……をしていた。今も憑きものを落とそうと思えばできる」

遠原の澄んだ目を見て、俺はぺらぺらと喋るつもりのないことを言ってしまいました。

「そうか……。でもそれだと、訳も分からずお別れすることになってしまうな」

「どういう意味だ？」

遠原は俺の問いには答えず、子猫の後ろにある黒いもやに言葉をかけました。

「どうか姿を現してくれないか。君の話を聞かせてくれ」

すると、もやが急速に集まり、やがてもう一匹の猫の姿を形取りました。

その三毛猫の尾は二つに分かれていました。そう、猫又です。

『……私の子はどうしてこんなに苦しそうなのだ？』

猫又は哀しげな光を金色の瞳に宿していました。遠原は察したように頷きました。俺にも話が少し見えました。

「君はこの子の親なんだな。一人遺されたこの子が心配で、しょうがなくて、あやかしとなってこの世に留まった」

「あやかし？」

「俺や俺の家族は彼らをこう呼ぶんだ。よく物を知らなくて申し訳ないが、退魔士……というのは、違うのか？」

「いや……」

退魔士はこういった類のものを『怪異』や『妖魔』などと呼んでいました。ただ猫又の悲痛な声を聞いた後に、そういう物言いはなんとなく憚《はばか》られました。

『この子はこの一月のうちに急速に弱り果てた。私が死んだのと同じ時期だ。……やはり、私のせいなのか？』

「……君のせいじゃない」

『いいや、私のせいだ。無理にこの世に留まり、結果、この子を害してしまったのだ……』

嘆く猫又を、遠原は慰めるように続けました。

「よく見てくれ。この子は目がかなり充血している。口には嘔吐の跡がある。きっとろくに食べてなかったんだろう。母親を失ったストレスも考えると、察して余りあるものがある」

遠原は努めて冷静な口調を保っているようでした。

「そういう猫がかかる病気に心当たりがある。不治の病……『猫伝染性腹膜炎』だ」

猫又は黙ってそれを聞いていました。遠原は沈痛な面持ちで言います。

「俺も飼い猫を同じ病気で亡くしたから分かるんだ」

『では……』

「君のせいじゃない。安心してくれ」

猫又はそれを聞いて、ぺろぺろと子猫の体を舐め始めました。

子猫は最後、か細く鳴いて、やがて息を引き取りました。

猫又の体が次第に透け始めました。その傍らには同じく猫又になった子猫がいました。親子はやがて小道の側溝の下へ、姿を消しました。

遠原は自分の傘と、そして子猫の遺骸を拾い上げ、立ち上がりました。俺は自分の頭上に傘を戻しながら、尋ねました。

「本当に病気だったのか？」

「……分からない。俺は獣医じゃない。ただ、あやかしが視えるだけだから。でも――」

遠原は続きを口にしなかったけれど、俺にはなんとなくその心情が分かりました。ただ怪異を祓う退魔士より、よほど慈しみがあるように思えました。

遠原は役所に猫の遺体を持ち込むというので、なんとなく俺もそれについていきました。

道すがら、遠原が『あの家』について話していたのを覚えています。

「俺が今住んでいるのは鎌倉にある、祖父母から受け継いだ家でね。なにかとあやかしが尋ねてくる不思議な場所なんだ」

「あやかしが尋ねてくる……？」

「祖父母曰く、憩いの場らしい。そこに住んでいるあやかしもいて何かと良くしてくれる。退魔士から見れば……変か？」

「いや」

俺は小さくかぶりを振りました。

「いつか……行ってみたい」


——少し喋りすぎたので、喉が渇いていた。

俺は冷めた紅茶を一気に飲み干す。真琴さんが長話に飽きていないか、ちらりと見やると、その瞳は涙で潤んでいた。

「ま、真琴さん？」

「すみません……感動してしまって。遠原さん、本当にお優しい方なんですね」

真琴さんはそそくさと目尻を拭う。俺は空になったカップの底に目を落とした。

もし真琴さんの結婚相手が俺ではなく遠原だったら。こんな朴念仁ではなく、穏やかで優しいあの男だったら。きっと真琴さんともっとうまくやっていけるだろう。

何故か、そんな詮無いことが頭を過って仕方なかった。

「……長居してしまいましたね。そろそろ出ましょうか」

「あ、はい。そうですね」

俺たちが席を立つと、先ほどの店員が愛想良く笑いかけてくれた。真琴さんのクレープのレポートを聞いていたらしい。「初恋の味、良かったですよ。キャッチコピーにしようかな！」と言われ、真琴さんはやはり林檎のように頬を真っ赤にしていた。

ドアを閉めると、鈴がからんと鳴った。

外はすっかり夜の帳が下りていた。

商店街に連なる店の軒先は、明るい照明で彩られている。

季節は初夏に移り、日中は夏のような暑さの時もあるのだが、朝晩はやはり肌寒い。

「寒くないですか、真琴さん」

「うう、暑いくらいです……」

初恋の味云々を店員に蒸し返されて、真琴さんの肌は火照っているようだった。俺が思い出し笑いをかみ殺していると、バレたらしく、真琴さんは唇を尖らせた。

「わ、笑わないでください〜！」

その仕草が妙に幼いので、余計に笑いを誘う。なんとか表情筋に力を入れて我慢していると、足下にわさわさと慣れない感触がした。そして、

――わんっ！

「ひゃっ」

唐突な犬の鳴き声に、真琴さんが思わずといった様子で俺の背に隠れる。小さな両手が背中に添えられる感覚がして、ぎくりと背筋が強張った。

――わんわんっ！

だが人間の反応などおかまいなしに、犬は吠えていた。茶色い毛並みのポメラニアンだった。シルエットが丸っこくて、宵闇に紛れると大きな毛玉のようにしか見えない。どこかで見たことがあると思ったら、入店する前に観光客にじゃれついていた犬だった。

最初は驚いていた真琴さんだったが、正体が犬と知ると、途端に相好を崩す。

「わぁ、可愛い……！　こんばんは、お一人ですか？」

真琴さんはしゃがみ込んで、犬を撫でる。犬はわんわんと大きな声で吼える。しかし通行人は見向きもしない。俺ははっとして犬をよく見た。

「真琴さん、その犬、あやかしです」

「えっ？」

真琴さんは慌てて口を塞いだ。さもありなん、只人の目には、何もないところで話している少々危ない人に映るからだ。幸いにも、真琴さんの行動に気づいている人はいなかった。

「ポメラニアンのあやかしもいるんですね……」

「ええ、まぁ、初めて見ましたが」

外国産の犬種でよもや犬神ということはあるまい。今のところ普通の人には視えないだけの野良犬だ。

「帰りましょう、そいつもそのうち帰ると思います」

「あ、はい……。それじゃあね」

犬に小さく囁きかけると、真琴さんは歩き出していた俺の隣に並んだ。

御成通り商店街には、まだまだ営業している店も多い。夜はこれからだと言わんばかりの賑わいを見せるレストランやバルなどを横目に、俺達は鎌倉駅西口へと歩く。

「千尋さん、夕ご飯は少し軽めにしましょうか」

「そうですね、お願いします」

「じゃあ、この前買ったシカクマメでサラダを作って、バターナッツを煮物にして――」

真琴さんが言っているのはどちらも鎌倉野菜としてよく売られている品種だった。シカクマメは断面が四角くなる変わった豆で、バターナッツは長いひょうたんのような形をした白い皮のかぼちゃだ。鎌倉野菜の畑は『七色の畑』と呼ばれているらしい。それだけカラフルな品種が多いということだろう。今夜の食卓も華やかそうだ。

「あっ、それからこの前、コールラビっていう野菜を見つけたんですよ。カブみたいな見た目なんですけど、なんとこれがキャベツの仲間で――」

――わふわふっ！

「ひゃあっ」

びくっと、肩を竦める真琴さん。俺は急いで肩越しに振り返った。

はっはっ、と犬特有の浅い呼吸が辺りに響く。あのポメラニアンが円らな瞳で、じっと真琴さんを見上げている。さっき真琴さんに構われたから、懐いてしまったのかもしれない。

「あ、わんちゃんが……」

「たまたま帰り道がこっちなのかもしれませんね」

適当なことを言って、戸惑っている真琴さんを先に行かせる。わふっと鳴くその様子からはあまり悪いものを感じない。が、用心するに越したことはない。

一歩先を行く真琴さんを追いかけるようにして、俺も歩き出した。夜の御成通りに響く俺と真琴さんと通行人の足音に混じり、たしたし、と犬の足が道路を叩く音がする。

犬は駅までついてきてしまった。俺たちがＩＣカードを通して改札を抜けると、なんとそのまま改札機のゲートの下をくぐり抜けて、駅の構内に入ってくるではないか。そして江ノ電のホームまでやってくると、何食わぬ顔で俺達の後から、電車内に入り込んでしまった。

乗客はちらほらいるが、当然ながら、あやかしの犬が乗っていることに気づいていない。

俺と並んで扉付近に立っている真琴さんは、はらはらと足下の犬を見つめていた。

「ど、どうしましょう、千尋さん……」

「真琴さんは気にしなくて大丈夫です」

今にも真琴さんに飛びつこうとする犬から彼女を庇う。犬は一瞬ぽかんとしていたが、構ってくれるなら誰でもよかったらしく、今度は俺のデニムに爪を立て始めた。

そうこうしているうちに、江ノ電は極楽寺駅に到着した。降りる客は俺と真琴さんの二人しかいない。いや、訂正、二人と一匹である。

人気のないホームを、駅舎の照明が冷たく照らしている。当然のような顔をして極楽寺駅の改札を抜ける犬に、俺は思わず言った。

「どこまでついてくるんだ、お前」

まさかこのぬいぐるみじみた風体で、『送り狼』でもあるまいに――。

そう思い当たって、ふと心当たりが脳裏を掠めた。

「そうか、送り犬か」

「送り犬、ですか？」

真琴さんがことんと首を傾げる。俺は一つ頷いた。

「正式には『山犬』というあやかしです。夜中に山道を歩くと稀《まれ》についてくることがあるんです。といっても、最近は大分山も拓かれていますから、人里に降りてきたんでしょう」

「つまり私達は今、家までこの子に送られているんですか？」

わふっ、と我が意を得たり、とばかりに送り犬が吠えた。

「このまま送らせせましょう。そうすれば満足します」

「はい、分かりました」

二人と一匹、並んで夜道を歩く。軽く勾配がついてきた極楽寺周辺の坂道を、送り犬は相変わらずたしたしと爪で音を立てながら、懸命に登っていった。

人気のない稲村ヶ崎小学校の渡り廊下を横目に、道を曲がる。ほどなくして、突き当たりの我が家に到着した。

「送ってくださって、ありがとうございました」

真琴さんがしゃがみこみ、送り犬と目線を合わせる。送り犬は、舌を出して「はっはっ」と呼吸をするのみで、そこから動こうとしない。

「あの……千尋さん。わんちゃん、帰らないんですけど……」

「送り犬には『お礼』がいるんです。送った見返りというやつですね。食べ物でも持ってきますから、真琴さんは先に家の中に入っていてください」

「なるほど……。あっ、なら、いいものがあります！」

真琴さんは駆け足で母屋に飛び込んでいく。しばらくして包みを持って、戻ってきた。見覚えのある包みは、狭霧さんが持ってきたどら焼きが入ったものだった。確か残りの一つは、狭霧さんの独断と偏見で真琴さんのものになっていたはず。

「あげてもいいんですか？　なんなら他のものでも……」

「いえ、私は十分いただきましたから。小さな体で立派にお務めを果たしている、この子を労ってあげたいんです」

送り犬が人を送り届けるのは、そういうものだから、だ。いわば本能のようなもので、このポメラニアンには特段、使命感などない。

そう冷静に思う反面、真琴さんの解釈がすとんと胸に落ちる気もした。

どら焼きを頬張る送り犬を見つめる横顔は、慈愛に満ちている。

……似ている、そう思った。

あの雨の日、猫たちに寄り添い、心を尽くした、遠原の姿に。

すっかりどら焼きを平らげた送り犬は、満足げにわふっと鳴いた。

「きっと、また来てくださいね」

手を振る真琴さんに、送り犬は胸を張っているように見えた。自分の使命を遂げた、そんな晴れ晴れとした様子に見えた。

少し冷たい夜風が吹いた。

頭上では星が瞬いている。

月は相変わらず明るい。

……そして、そのまま一分ほどが経過した。

「か、帰らないですね……」

「なんなんだ、こいつは」

送り犬なのは間違いない。お礼の食べ物をやれば、問題はないはずなんだが——。

そこへ「んなぁ」と鼻にかかったような、猫の鳴き声が聞こえてきた。足下を見やると、いつの間にか、たまが歩いてきていて、俺と真琴さんの間を横切った。

たまはそのまま前へ進み出て、送り犬を見つめる。

「たまちゃん？」

たまがもう一度「んなぁ」と鳴いた。送り犬は「わふっ」と吠えた。端から見るとまるで猫と犬が会話しているように見える。

たまは首元の鈴をちりんと鳴らして、真琴さんを見上げた。送り犬は落ち着きなくその場を右往左往している。俺が首を捻っていると、真琴さんが言った。

「もしかして、わんちゃん、帰り道が分からないんじゃないでしょうか？」

「え？」

「電車にも乗ってきたし、夜道は暗いし……。何よりたまちゃんが、そう言ってる気がするんですけど……」

俺と真琴さんは同時に送り犬を見た。円らな瞳はうるうると濡れて、縋るようにこちらを見ている。

……認めたくはないが、どうやら本当にそうらしい。

送り犬に送られて、また送る。一体、どういう状況なんだろう。

「……分かりました、もう一度鎌倉まで行ってきます。真琴さんは待っていてください」

「あ、それなら私も行きます」

「でも……お疲れでしょう」

真琴さんは小さくかぶりを振った後、少し照れくさそうにはにかんだ。

「実は、その。今日は甘い物ばかり食べてしまったので、ちょっと運動しておこうかなって」

こんな細い真琴さんでもスタイルを気にするのだな、と妙な感慨に耽る。

別に気にすることはないのに。それに暗くなってから、女性を連れ回すのは気が引ける。

だが同時に、真琴さんの申し出を無下にできない自分がいた。

来た道をまた戻るなどと、面倒くさいことこの上ない。

けれど、彼女が俺の隣を歩いてくれるなら、そんな月夜の晩も悪くない。

――きっと、そう思ってしまったから。

「では……。一緒に、いきましょうか」

「はい！」

真琴さんは柔らかく微笑み、胸の上で両手を合わせた。その白魚のような指をじっと見つめていることに気づき、俺は慌てて視線を逸らした。

第三話　蚊遣火　ふすぶるもあはれなり

スーパーの開店近くのことだった。いつものように私が鎌倉の東急ストアで買い物をしていると、不意に近くのお客さんの会話が聞こえてきた。

「もうすぐ『ほたるまつり』ねえ」

「あら、確かに。もうそんな季節なのね。蛍は綺麗なんだけど、人が多くて嫌よねえ」

いかにも地元民らしい語り口で、そう苦笑し合った後、ご婦人たちは去って行った。

私はトマトを二つ取った。他の場所も回って、お肉やお魚、調味料、日用品などをかごに入れて、レジに並ぶ。

お会計をしている間、私はぼんやり考えていた。

ほたるまつり……って、なんだろう。

スーパーを出て、店をぐるりと囲むように駐輪されている自転車の横を通り過ぎる。

湿気を含んだ六月の空気が、水の匂いを伴って鼻先を掠めた。

鎌倉駅の改札を抜けて、江ノ電に乗り込んでも、私の思考は回り続ける。

そういえば、家族で一度蛍狩りに行ったことがある。

両親がまだ健在の頃、私が十歳ぐらいの時だった。奥多摩まで出かけたけれど、残念なことに大雨が降って蛍は現れなかったのだ。だから、私は蛍を見たことがない。

ほたるまつり……。

最寄り駅の極楽寺に着いたところで、電車を降りる。改札機にＩＣカードをかざしながら、私はまだぼんやりと考え込んでいた。


私は台所で昼食の準備をしていた。

今日のメインは鶏肉とトマトと卵の炒め物。小鉢はきゅうりのたたきを梅とかつお節で和えた物に、焼きナスの煮浸し。それに、鎌倉野菜として売られていた黄金カブという、文字通り黄色の珍しいカブのお味噌汁だ。

それぞれ器に盛って、お盆に載せて。準備万端、といったところで、台所の前面にある窓からすいっと小柄な人影が空中を泳いでやってきた。

「あれ、さとりちゃん？」

この時間は確か小学校で岳くんのそばにいるはずなんだけどな……。

それに、さとりちゃんは何故か丸い頬をぷうっと膨らませていた。

「けしごむひろってもらったぐらいで、おんなのこにでれでれするのってどうかとおもう」

私は思わず吹き出しそうになるのを必死に堪えた。どうやら岳くんは知らず知らずのうちにさとりちゃんの機嫌を損ねてしまったらしい。

ふと、さとりちゃんは私を見つめて小首を傾げた。

「……ほたるまつり？」

私は思わず声を上げそうになる。さとりちゃんにまた心を読まれてしまった。

「あのね。ちょっとスーパーで話を聞いて、気になって。そうだ、さとりちゃん、知ってる？」

「ううん、わかんない」

残念そうに俯く私に、さとりちゃんが呆れた顔をした。

「ちひろにきけばいいのに」

「うっ……。でも。でもね、なんていうかこう……」

私はその先の言葉を飲み込む。

それって……行きたいって言ってるようなものじゃないかな？　確かに千尋さんとお祭りに行けたら素敵だと思う。もし蛍がいるんだとしたら、夜の水辺にたくさんの小さな光が舞って。それを千尋さんと眺めたいっていう気持ちは……あるけど……。でも、千尋さんもお忙しいだろうし、私に気を遣って無理矢理時間を作ってもらうのも――。

「……まことはちょっとめんどくさい」

「え、ええ？　そ、そうかもしれないけど、でもでも」

「しーらない」

さとりちゃんはそっぽを向いて、また台所の窓をすり抜けて出て行ってしまった。

一人取り残された私は、しょぼんとうなだれる。

そこへ階段から足音が響いてきた。千尋さんだ。しまった、昼食の準備の途中だった。いつもなら十二時前後に私が呼びに行くのに、いつまで経っても来ないから。

廊下に通じる、台所の扉が開く。

ごめんなさい、と頭を下げようとした私の視界に、千尋さんの表情が飛び込んできた。

千尋さんは少し照れた様子で、眉を下げていた。

「早かったでしょうか。その……いい匂いがただよってきたものですから」

いつも引き締められている口元に、淡い笑みが浮かんでいる。それを見ると、何故かぎゅっと胸が締め付けられた。

「す……すみません、今、呼びに行こうとして……」

「いいえ、大丈夫です。手伝います」

千尋さんは二人分の昼食を載せた、盆を両手で持った。半袖のシャツから伸びる腕に力が入って、筋肉が浮かんでいる。

「どうしました?」

「い、いいえ……」

私は千尋さんの顔をまともに見られなくて、思わず俯いてしまった。

食卓についた私たちは、昼食を食べ始めた。

つやつやした卵とトマトを箸でつまむ。口に入れると卵に溶いた出汁の風味が広がった。鶏肉はしっかり火が通っていて、さりとて身が固くなりすぎず、しっとりとした食感だ。

梅とかつお節で和えたきゅうりのたたきは、蒸してきた六月にぴったりの、爽やかな味だった。焼きナスの煮浸しは香ばしい匂いがして、食事に華を添えてくれる。

お味噌汁の黄金カブを一口食べてから、私はちらりと対面を見た。

……ほたる、まつり……。

うう……言えない……！

「真琴さん？」

ちょうどお茶碗を空にした千尋さんが、首を捻った。私は自分が、ぎゅううっとお箸を握りしめていることに気づいた。

「あっ、いえ、あのその」

「はい」

狼狽える私を見ても、千尋さんは辛抱強く待ってくれる。叔父さんにはよく「はっきり物を言え！」と怒鳴られたな、なんて記憶が甦った。

金魚のようにしばらく口をぱくぱくしていた私は、お箸を握っていた手を広げ、静かに箸置きの上へ置いた。

「お、お味、いかがでしょうか……」

「いつも通り、美味いです」

さらっとそう言ってくれる千尋さんに、私はお礼も言えずに黙りこくった。もじもじと組んだ指先が、ぽかぽかと温かくなる。

「今日の献立は、夏野菜が多いですね。考えてみればもう六月ですし……」

眼鏡の奥の視線は、縁側から見える庭に向けられている。今日は少し曇っているため、雲間から差す日差しが、ところどころ庭の草木を照らしていた。

そ、そうだ……！

「その、ほ、ほた」

「ほた？」

「蛍……って、このお庭に来ますか？」

千尋さんはぱちぱちと瞬きしたあと、緩く首を振った。

「いえ、水辺がありませんので。蛍は来ません」

「で、ですよね……」

「蛍がお好きなんですか？」

「は、はい。いえ、あの、好き……というか、見たことはなくて。それでその」

相変わらず千尋さんは私の言葉を待ってくれている。穏やかな眼差しを向けて。

……そうだ。

私、千尋さんと蛍を見たい。

こんなに何かをしたいと強く思ったことはなかった。

そんな権利、私にはなかった。与えられていなかったから。

けど、昔、家族で一緒に見られなかった蛍を。

他の誰でもない、千尋さんと見たいんだ。

「千尋さん」

大きく息を吸って、吐いて。再び吸って、私は言った。

「私と――ほたるまちゅりにいきらせんか！」

……うう、噛んだ、盛大に。

今すぐこの場から消えてなくなりたい衝動にかられていると、千尋さんは一つ一つ確認するように言った。

「……ええと、『私とほたるまつりに行きませんか』って言いましたか？」

「は、はぃ……言いました……」

全然、言えてなかったけど。

「ほたるまつりというと、あの鶴岡八幡宮で開催される祭りですよね」

「あっ、そうなんですか？」

自分から誘っておきながら知らなかった私に、案の定、千尋さんは小首を傾げる。

「ご、ごめんなさい。今朝、スーパーで聞きかじっただけで、あんまり詳しくなくて……」

「そうでしたか」

千尋さんは特段気にする様子もなく続けた。

「毎年、六月の上旬に、鶴岡八幡宮で『蛍放生祭《ほたるほうじょうさい》』が行われます。境内で育てられた蛍が放たれて、神事が行われるのだとか。こちらは一般には公開されていません」

千尋さんの口が湯呑みにつけられる。シャツの襟から覗く喉仏がごくりと上下した。

「その『蛍放生祭』の翌日から一週間、一般の人でも蛍を観賞できる『ほたるまつり』が開催されます。鑑蛍路が解放されて、そこを通りながら蛍を観られるわけです」

「なるほど……！」

じゃあ、やっぱり蛍が観られるんだ。神聖な神社の境内で、大切に育てられた蛍が飛び交う。なんて素敵なんだろう。私はまだ見ぬ美しい光景を想像し、手を握り合わせた。

「その……それに行きたい、ということですよね？」

改めて千尋さんに問われ、私ははたっと動きを止めた。

面と向かって言われると、途端に弱気の虫が顔を出す。

やっぱりお忙しいですよね。

私のわがままのために貴重なお時間を使ってもらうわけにはいかないし。

そんな言葉ばかりが頭の中で飛び交った。そして、今にも喉から出そうになる。

けど――私はなけなしの勇気を振り絞って、頷いた。

「……はい。行きたい、です」

返事が来るまでの時間が永遠にも感じられた。実際には、一秒にも満たなかっただろうけど。

「ええ、行きましょう」

「ほっ、本当ですか？」

「はい」

私は胸一杯息を吸い込み、吐き出した。それとともに全身を支配していた緊張が一気に体から抜けていく。

「よ、良かったぁ。断られたらどうしようかと思いました。あ、いえ、断ってもらっても、良かったんですけど……」

「断るはずありません」

するると、千尋さんは言いにくそうに唇をすりあわせた。

「……こんなことを言っては失礼かもしれませんが。真琴さんから頼まれごとをされるのは珍しいので、なるべく……その、応えたいと思いまして」

「えっ？　でもこの前もクレープを食べさせてもらいましたし……」

「あれは俺から言い出したことです。真琴さんは欲がないので、少し気がかりで」

言葉を選びながら、千尋さんは慎重に伝えてくれる。

「だから、ほたるまつりに行きたいと言ってくれて、嬉しかったです」

千尋さんの形のいい唇が緩く弧を描く。私はそこから目が離せなくなってしまった。

そんな私をよそに、千尋さんは指先でこめかみを掻く。

「嬉しい、は少し変だったでしょうか……？」

「い、いえ。そんな……ことないです。私の方こそ、あの」

なんとかお礼だけは言わなければ。私は深々と頭を下げた。

「そんな風に言ってくださって、ありがとうございます」

今度こそ、瞳が潤むのを自覚する。

人にお願いをするなんて、いつぶりのことだろう。

勇気を出してお願いしては、いつも断られてきた。

ううん、断られるなんて生やさしいものじゃない。罵倒され、時には手を上げられた。

最後、家を出て行けと言われた時も。

泣いて泣いて、お願いだから見捨てないでと縋っても、無情に振り払われた。

今、思えば、もしかしたら働き口を見つけて、自立することができたかもしれない。

けれど、私には私が信じられなかった。

家のことさえ満足にできないと言われ続けた自分には、自立するなんて到底無理だと思っていたから。

今も自信なんてこれっぽっちもない。こうして私を助けてくれた、千尋さんのお役に立てているのかどうかも、よく分からない。

でも千尋さんがそう言ってくれるなら——私はここにいてもいい、と思える。

私は目頭に力を入れて、涙を引っ込めると、どうにか笑顔を作った。

「私、今年のほたるまつりのスケジュールを調べてみますね。あと天気がいい日も。雨が降ると蛍は見られませんから」

「はい、分かりました。お願いします」

私は立ち上がり、お盆に空のお椀や皿を片付け始めた。千尋さんの前に湯呑みと急須だけを残しておく。

居間から出る直前、私は肩越しに振り返った。

「あの……ありがとうございます。すっごく……楽しみにしてます」

今度は泣き顔を取り繕うだけではない、自然の笑みが零れる。

すると千尋さんは目を丸くしてから、眼鏡をくいっとあげた。そして湯呑みを呷ったけど、中身が空だと知ると、急須を持ち上げる。しかし急須の口からは、ぽたりとお茶の雫だけが零れた。

「すみませんが、おかわりを――」

そこへふわりと風が部屋に入り込んだ。もしや、と思った瞬間、縁側に面した居間の畳の上に、見慣れた女性の姿が現れた。

「――話は聞かせてもらったーっ！」

張りのある声が居間に響き渡る。狭霧さんは相変わらず仁王立ちをしていた。

「なんなんですか、いつもいつも」

千尋さんが心底迷惑そうに苦情を申し立てる。狭霧さんはいそいそと食卓についた。

「祭りに行くんだって？　しかもほたるまつり、いいねえ、風流この上ないじゃないか！」

「なんでそんなに興奮しているんですか。あと当然のごとく座らないでください」

私はポットから急須にお湯を注ぎながら、笑みを浮かべた。

「狭霧さん、こんにちは。今日はもうお昼は召し上がりました？」

「いや、それがまだなんだ。忙しくて食べ損ねてしまってね」

「じゃあ、今、お出ししますね。少し待っていてください」

「真琴さん、いい加減この人を甘やかすのはやめましょう。今こそ決断の時です」

「漬け物は多めに頼むよっ」

「本当に厚かましいな、この天狗！」

怒鳴る千尋さんと、のらりくらりとかわす狭霧さんは、相変わらず息ぴったりだ。

居間を一旦出て、台所で狭霧さんの食事を用意しながら、私はふと先日のことを思い出した。

――『人とあやかしの婚姻なんて認められない』――

――『それは実体験を元にした忠告かい？』――

私はきゅうりの漬け物を切る手を、不意に止める。

あれはやっぱり……千尋さんと狭霧さんの道ならぬ恋を揶揄《やゆ》した言葉なのだろうか。

クレープを食べに行った時、千尋さんには即答で否定されたけれど。

でも仮にそう考えると、私は、邪魔者……。

「真琴くーん、まだかい？　はらぺこだよおー」

「今すぐ、遠慮という言葉を辞書で引いてください！」

相変わらず近しい距離の会話に、包丁を持つ手元が狂いそうになる。

ぶんぶん、と首を振った。……いけない、いけない。集中しなきゃ。

私は急いで準備を整えると、昼食を載せたお盆を手に、居間へと舞い戻った。

昼食を瞬く間に平らげた狭霧さんは、ふうっと一息つくなり、藪から棒に言った。

「――浴衣だね」

「へ？」

狭霧さんの湯呑みにお茶を注いでいた私は、首を捻る。狭霧さんは快活に笑った。

「夏と祭りといえばなんだい？　そう、浴衣だよ。浴衣が欠かせないんだよ！　この綺麗な髪をお団子にしてさ。襟から覗く白いうなじが絶対必要条件なんだ。分かるね？」

「あの、ええと……？」

「いいからもう帰ってくれません？」

じとっとした目で、千尋さんが狭霧さんを睨む。けど、狭霧さんはどこ吹く風だ。

「千尋め。涼しい顔してこのむっつり助平が。君も見たいんだろ、真琴くんの浴衣姿が」

千尋さんは答えず、ずずずっとお茶をすすった。私は狭霧さんに慌てて言った。

「そんな言い方したら、千尋さんが困っちゃいます。別に、私の浴衣なんて……」

「じゃあ、真琴くんはどうだい？　浴衣、着てみたくないかい？」

私はその場でぴたっと止まった。

――高校生の時、地元のお祭りがあった。

友人達が『浴衣で集まろう』とはしゃいでいたのを思い出す。

私は当然、家業の手伝いや家事仕事があったので、お祭りには行けなかった。

でも後日、見せてもらった写真の中の友人達はみんな綺麗だった。色とりどりの浴衣、凝った髪型に飾り、可愛い巾着袋を提げて。

私も、あんな風に、なれたら……。

「でも、私、浴衣も小物も持っていませんし……」

「心配ご無用だ、一式、私が貸そうじゃないか」

「でもでも、着付けとか……」

「それしきのこと、私ができないとでも？」

「でもでもでも、浴衣や草履だと歩きづらいし、千尋さんのご迷惑に……」

そこで狭霧さんの視線が千尋さんへ向く。千尋さんは私たちの会話を見守っていたらしく、さっと目を逸らした。

「どうだい、千尋。真琴くんに浴衣を着てほしいのかい？」

「……真琴さんが望むなら、その通りにしてほしいと……俺は思います」

「やれやれ、意気地に欠ける言い方だなぁ」

狭霧さんは首を横に緩く振る。が、気を取り直したようにパチン、と指を鳴らした。

「まぁ、いいだろう。君たちにしては及第点だ。というわけで、真琴くん。日取りが決まったら、私がいろいろと手伝おうじゃないか。浴衣姿の君のためにね！」

「あ……。ほ、本当にいいんですか？」

「もちろんだとも」

千尋さんとお祭りに行けて。

蛍を見に行けて。

それも狭霧さんのおかげで、浴衣まで着られて。

……まるで、夢みたいだ。

「ありがとうございます……！」

感極まりそうになって、私は急いで食卓の上を片付け、居間を出た。大きく息を吸い込むと、少し湿り気のある夏の始まりの匂いがした。


そして、ほたるまつり当日がやってきた。

日が沈んだ頃、やはり風のようにやってきた狭霧さんは、

「さぁ、準備だ、準備ぃ！」

と、勢い込んで私を二階の部屋へ連れ去った。ちなみに千尋さんはちょうどお仕事に区切

りがついた頃合いだったらしく、居間でお茶を飲んでいたところに突然、狭霧さんが現れ、私を攫《さら》っていく光景に、ぽかんとしていた。

　自室へ押し込まれた私は、不気味に笑う狭霧さんに、にじり寄られる。

「ふっふっふ、覚悟するんだな、真琴くん。今日という今日は君を鎌倉一の浴衣美人に仕立ててあげてやるのだからね……！」

「あ、あの……お手柔らかに」

　――そうして、一時間が過ぎた。

　私は裾捌《すそさば》きに苦戦しながら、狭霧さんがせっかく着付けてくれた浴衣を乱さないよう、慎重に一階へ降りた。

　狭霧さんに先導されて、千尋さんの待つ居間の前に立つ。

「準備はいいかい？」

「う……やっぱり変、じゃないでしょうか？　髪型も……私には似合わないんじゃ……」

「何を言う。この狭霧天音のセンスが信じられないのかい？」

「め、滅相もないです！　見事なお手前でした。けど、私にはもったいないというか――」

「こんなに色っぽい感じが？　襟から覗くうなじが？」

　居間の中から「ごほんごほん！」と大きな咳払いが聞こえてきた。千尋さんだ。きっと襖越しに私たちの会話を聞いて、急かしているのだろう。

「ほら、君の旦那様も待ちきれないと言っているよ」

「ううう……！」

一か八か、とばかりに私は狭霧さんに頷いた。

狭霧さんは勢いよく襖を開く。

「やあやあ、待たせたね、千尋！　これが君の奥方の可愛い浴衣姿だあ！」

襖の向こう、千尋さんがこちらに首を巡らせる。

その眼鏡の奥の瞳が大きく開かれるのを見て、私は熱い顔を俯かせた。

一階へ降りてくる前、姿見で確認した自分の姿を思い出す。

長い髪は左側に寄せて、お団子に。右側には大きめの三つ編みをつくって、お団子と一緒にまとめてある。赤や黄色といった鮮やかなつまみ細工の小花が、髪飾りとしてお団子を彩っていた。

浴衣は白地に朝顔の柄が入った、爽やかなものだった。帯は表が朱色、裏が紺の二色。それを狭霧さんが花結びにしてくれて、私の腰には鮮やかな大輪の花が咲いている。

矢のように突き刺さる千尋さんの視線に、私は思い切って目線を上げた。

「あの……やっぱり、私には派手でしょうか……」

「そんなことは……ありません」

千尋さんが横に首を振る。私の隣から、狭霧さんが意気揚々と解説を始めた。

「やはりこの季節は朝顔だよね。白い紗の生地と青を基調とした朝顔の文様は、清楚で真琴くんにぴったりだと思うんだ。浴衣の色が淡い分、朱紺の帯でぐっと色を引き締めているよ。

それから鮮やかさもほしかったから、髪飾りは差し色さ。ほうら、見てごらん、千尋。これが真琴くんのまぶしいうなじさ！」

狭霧さんの手によって、私はくるりと後ろを向かされる。途端、千尋さんは「げほっごほっ」と大きく咳き込んだ。

「ちなみに後れ毛は刺激が強いから、今回はなしにしたよ。感謝するんだな、千尋」

「何がですか」

少しずれた眼鏡をかけ直した千尋さんは、弦に指を添えたまま、ふうっと大きな溜息を漏らした。そして私の方に向き直って、じっと見つめてくる。

「千尋さん……？」

「その……お似合いです。すごく」

そこまで言って千尋さんは口を噤んでしまった。

けれど、私にとっては十分だった。

……お似合いって、言ってもらった……。それも、すごく、って。

きゅうっと音を立てる心臓を、浴衣の上から押さえる。そこから体温が少し上がったような気がして、私は弾む心を落ち着かせようと深呼吸をした。

「うむうむ。なら、次は千尋の番だな」

満足げに頷いていた狭霧さんは、千尋さんのシャツの襟首を掴む。

「は？　お、俺もですか？」

「奥方だけに浴衣を着ろと？　隣を歩く君もそれに見合うだけの格好はしないとな」

「離してください、俺は一人で着られます」

「ああ、それもそうか」

ぱっと手を離す狭霧さんを、千尋さんはじとっと睨み付ける。確かに千尋さんは退魔士として動く時には、濃い紫の着物を着ていたっけ。

「まさか、あの剣呑な祓い屋衣装じゃないだろうな？」

「普通の浴衣ぐらい持っています」

狭霧さんは是が非でも浴衣を着せたいようで、千尋さんをじっと見張っている。千尋さんはとっくの昔に諦めたように、緩慢な動きで居間を出ていった。


日没を過ぎて久しい二十時前、空は暗闇に包まれていた。

今日は日中から曇っていて、月は雲に隠れて出ていない。代わりに人々を照らすのは、鎌倉駅東口の賑やかな街灯や看板の明かりだった。

駅前のバスロータリーの向こうへ、ぐるりと回り込む。

そのまま北上すれば、鶴岡八幡宮への参道である若宮大路《わかみやおおじ》だ。

私はちらりと隣を見やった。

からんころん、と下駄が音を立てている。

紺絣《こんがすり》の浴衣に薄い鼠色の帯を合わせた千尋さんが、まっすぐ前を見据えて歩いていた。きりっとした目や、すらりと高い背も相まって、これでもかというほど様になっていた。

「……どうかしましたか？」

よほど視線を感じたのだろう、千尋さんが不思議そうにこちらを向いた。私は慌ててさっと顔を俯かせる。

「その、あの……ち、千尋さん、よくお似合いです、浴衣……」

「ああ、まぁ、たまに使いますから。着慣れているんでしょう」

「そうですよね。私なんか浴衣に着られちゃってるっていうか……っとと！」

急に足がつんのめりそうになった。横から伸びてきた腕が、とっさに支えてくれる。

「大丈夫ですか？」

浴衣の袖から伸びる腕の思わぬたくましさに、私は急いで体勢を直した。

「だっ、だだ、大丈夫です。ありがとうございます、ごめんなさい……」

「慣れない草履で歩いていたら当然です」

立ち止まっていると、人に押し流されそうになる。私と千尋さんは休む間もなく歩を進める。

「やっぱり混んでますね……」

「特に今は祭りの期間ですからね」

いつも私に合わせてくれる歩幅を、今日の千尋さんは殊更縮めてくれている。

やっぱり人混みの中、着慣れない浴衣姿で来るのは無謀だったかもしれない。そんな風に思っていると、ふと千尋さんが言った。

「真琴さん、あの。もし……真琴さんが嫌でなければ」

らしくなく口ごもっている千尋さんに首を傾げていると、

「――手を、繋いでおきませんか」

視線と共に差し出された手を、私は目を丸くして見つめた。その反応をどういう風に受け取ったか、千尋さんは口早に付け加えた。

「突然、すみません。これからますます混むので、少し心配で。ただ、無理にとは……」

尻すぼみになっていく言葉が、右から左へ素通りしていく。

かあっ、と頬が染まるのを止められない。

どきどきと痛いぐらいに心臓が胸を叩く。

答えられない私を見て、千尋さんが困ったような顔をする。私は引っ込められそうになった千尋さんの手を見て、焦って言った。

「お、おねがひしましゅ！」

……噛んだ、またもや盛大に。

あまりの恥ずかしさに涙を浮かべる私を見て、千尋さんはふっと口元に笑みを刷《は》いた。

そして、手が優しく握られる。

男らしい分厚い手の皮、節くれ立った指、そこから伝わってくる――千尋さんの体温。

全部が全部、あたたかくて、ますます涙腺が緩む。

最近、変だ。今日は特に。きっと私、浮かれているんだ。

蛍が観られるお祭りに行けて。

綺麗な浴衣を着せてもらって。

転ばないように手を繋いでもらって。

――こんなに、大切にされたのは、本当に久しぶりだから。

私は勇気を振り絞って、千尋さんの手をそっと握り返した。

六月の夜の生ぬるい空気が、私の頰を撫でる。風はなく、穏やかな夜だった。

手を繋いでいる緊張を悟られないよう、私は話題を変えた。

「今日は完璧ですっ。蛍は風のない夜、そして生ぬるい気温や湿度を一番好むんです。あと月が出てないのが最高です。蛍は暗闇が大好きなので」

「そうなんですか、さすがよくご存知ですね」

「いえ、そんな……。図書館で借りた『小学生図鑑　すごいぞ昆虫！』の受け売りです」

「……今度、スマホを買いましょうか」

若宮大路もまた小町通りほどではないけれど、多くのお店が軒を連ねている。飲食店やお土産屋さんがやはり目立つ。

中でも有名なのは、定番のお土産である鳩サブレーの『豊島屋《としまや》』の本店だ。真っ白い外観が特徴的で、夜でも照明に白の壁が映えていた。

いよいよ鶴岡八幡宮の鳥居が近くなると、赤色灯の明かりが人々を誘導しているのが見えた。その人の多さたるや、すでに目が回るほどだ。

「これ、もしかして全部、ほたるまつりのお客さんですか……？」

「ええ、そうですね、おそらく」

鳥居を抜けて、境内の参道へ入る。ライトアップされた境内は美しかったけれど、それを見る余裕もなく、どんどんと人に押し流される。

蛍が放たれている柳原神池《やないはらしんち》の入り口につくと、人々の喧噪が一段と大きくなった。

「――最後尾はこちら、こちらです！」

神職の衣装を着た男性が、遠くで叫んでいる。見ると、行列は舞殿と呼ばれる建物をぐるりと囲んでいて、まったく先が見えない。

「う、うわぁ……」

私は唇を戦慄《おのの》かせた。完全に見誤っていた。鎌倉の人気を、そして蛍の人気を。

「行きましょう」

青い顔をしている私の手を、千尋さんはくいっと引いた。そして大行列へ挑むように、最後尾と赤文字で書かれたプラカードめがけて歩き出した。

私はおたおたと千尋さんについていく。行列の最後尾に辿り着いたはいいものの、果たしてこの人数が柳原神池の敷地に入れるものなんだろうか。

「確か、立ち止まってはいけない決まりですから、それほど時間はかからないと思います」

その言葉通り、列が進むのは意外と早かった。すいすいと舞殿を横切り、三十分ほどで観蛍路の入り口に辿り着く。

柳原神池は暗闇に包まれていた。足下の赤い誘導灯に従って、慎重に足を運ぶ。

周囲をぐるりと背の高い木々が取り囲んでいて、僅かな光も通すまいとしている。池のほとりを一周する観蛍路の中に入ると、目の前をふわりと儚い光が飛んでいく。

「あ……」

「いましたか？」

「多分――」

すると、池の奥から人々の歓声がまばらに上がった。いやが上にも高まる期待に胸を膨らませていると、その光景が飛び込んできた。

「……っ！」

声を出したいのを我慢して、息を呑む。

宵闇に沈む柳原神池に、無数の蛍が飛び交っていた。

淡い緑黄色を帯びた光が、所狭しと飛んでいる。まるで目まぐるしく動く満天の星の映像を見ているかのようだ。

想像していたよりもずっと、蛍の光は力強い。ゆっくり大きく明滅を繰り返し、互いが言葉のない会話を繰り返している。蛍の成虫の寿命は一、二週間だ。その間、蛍は懸命に恋をする。命を燃やして、光を放って――

「綺麗ですね」

千尋さんが耳打ちするように囁く。暗闇の中、蛍の光だけを頼りに歩くため、手がぎゅっと強く引かれる。

「はい……」

私はその光景を忘れまいと目に焼き付けた。

やがて観蛍路を抜けて、警備員の誘導に従い、舞殿まで戻ってくる。

人混みが落ち着くと、私は詰めていた息を大きく吐き出した。

「ありがとうございました。千尋さんとあんな綺麗な光景が見られて……夢のようです」

「そ、れは。良かったです……」

千尋さんは大きく瞬きをした後、そそくさと眼鏡のブリッジに指を添えた。

「その、疲れていませんか。あそこに休憩所がありますから、休んでいきましょう」

休憩所はちょっとしたカフェスペースになっていた。中は混雑して入れなかったけれど、社務所近くのベンチがちょうど空いた。

私はベンチに腰を下ろし、ほっと一息ついた。同時に千尋さんの手が離れていく。少し寂しい気もしたけれど、子供じゃあるまいし……と、私は口を噤んだ。

「何か飲み物でも買ってきます。少し待っていてください」

千尋さんは休憩所の方へ戻っていった。その背中を見送りながら、私は体を休める。

目を閉じると、無数の蛍の光が瞼の裏に浮かんだ。蛍の光は求愛行動だ。彼らはお互いに何を言っていたのだろう。何を伝え合っていたのだろう。

分からないからこそ、人はその光に惹かれてしまうのかもしれない――。

「――こんばんは」

聞き慣れない声がして、はっと目を見開く。

そこにはもうすぐ夏だというのに、黒いロングコートを着た男性が立っていた。

「久しぶりやなぁ、オレのこと覚えてる？」

脳裏に、先月のレンバイでの出来事が甦る。確かシンさんに出会った時のことだ。よくよく思い出せば「ハマグリがいる」と声を掛けてきた、通りすがりのあの男性だった。

「あ。あの時の……。ええと、その節はどうも……」

「別にお礼言われることとなんかあらへんけどなぁ。今日はどしたん？　一人？」

「え、あ……。その、しゅ、主人、と一緒です」

主人、という慣れない響きを舌の中で転がす。すると男性は「ああ」と相槌を打った。

「英千尋やろ？」

「えっ？　千尋さんのお知り合いですか？」

「んー、まぁ、相手が知ってるかどうかは分からへんけどな。オレは久遠玲二《くおんれいじ》。千尋サンと同じ退魔士しとるもんや。気軽に玲二って呼んだって」

――退魔士？　この人が？

確かにあの時、この人にはハマグリが――シンさんが視えていた。私や千尋さんと同じくあやかしが視られるということは間違いない。

「まぁ、よろしゅうしたってや」

私は反射的に手を出そうとして――ずっと千尋さんと手を繋いでいたことを思い出した。そこに別の感触を上書きするのが憚られて、私はぺこりと会釈だけを返した。

「なんや、今時貞淑やんか。別にええんちゃうの？　――どうせ愛のない結婚なんやし」

私は思わずぎくりと背筋を強張らせた。玲二さんの微笑は、境内の外灯を受けて、冷たく浮かび上がっている。

愛のない結婚――言わずもがな、私と千尋さんの『契約』のことだ。

「ど、どうして、それを……知ってるんですか……？」

「ま、ええやん、そんなこと。それよりどうせならオレと付き合うてくれへん？」

玲二さんの唐突な言葉に、私は我が耳を疑った。この人は再会したばかりで何を言っているんだろう？　けどそんな私の戸惑いなどおかまいなしに、玲二さんは続ける。

「常々思うてたんよ。あんな一生懸命食材選んで、料理作ってくれるお嫁さん欲しいなぁて。実際、オレ、めっちゃタイプやねんなー、真琴ちゃん」

「あ、あの……」

さすがに私が口を挟もうとしたその時、玲二さんはぴくりと片眉を跳ね上げた。

「おっ、そろそろタイムリミットか。怖い怖い旦那さんに見つかる前に退散するわ。ああ、そや、連絡先だけでも、もらったって」

玲二さんは携帯電話の番号を書いたメモを、私の手の中に押しつけた。長いコートの裾が、やがて境内の闇の中へと消えていく。

なんだったんだろう、あの人は……。

嵐のような出来事に、為す術もなく私が呆然としていると、

「……さん、真琴さん？　どうかしましたか？」

はっと我に返ると、目の前に千尋さんがいた。そして私が持っていたメモ用紙を見つけて、訝しげに眉を寄せる。

「それは――もしかしてナンパというやつですか」

嫌悪感を隠そうともしない口調だった。私は曖昧に頷いて、そそくさとメモを巾着へしまう。千尋さんがペットボトルのお茶を差し出してくれた。

「すみません、長い間、一人にしてしまったせいですね。……どうぞ」

「ありがとうございます」

蓋を開けて、口をつける。冷たいお茶が喉を過ぎると、少しだけ気分がすっきりした。

「あと……これを」

千尋さんはおもむろに袖の下を探った。そこから出てきたのは――。

「鈴……ですか？」

「はい。『ひかり御守』という、この祭り限定のお守りだそうです」

赤い紐の先に、小さな鈴、それに綺麗な青色のトンボ玉がついている。

千尋さんの手から根付け型のお守りを手に取る。ちりんと涼しげに鳴る鈴と、外灯の明かりを受けてきらりと光るトンボ玉に、私は思わず見とれた。

「わざわざ……私にこれを？」

「ええ。それを買うのに少し時間がかかってしまって。すみません」

瞬間、目の裏にさっきの光景が浮かび上がる。

蛍の光。それに、千尋さんの手のあたたかい温度。

玲二さんとの会話ですっかり冷えていた体に、体温が戻っていくのを感じる。

私は唇をぎゅっと結び、懸命に零れそうになる涙を押しとどめる。

「ありがとうございます、千尋さん。私、私……」

「ま、真琴さん？」

震える声までは隠しきれなかった。泣きそうになっていると悟られ、千尋さんを動揺させてしまう。悲しくて泣いているのではないと伝えたくて、私は淡い笑みを浮かべた。

「――大切にします。この日の思い出にしますね」

私は巾着に『ひかり御守』をつけた。ベンチから立ち上がれば、ちりんと涼やかに鳴る。

連れ立って歩き出しながら、私は千尋さんに言う。

「そういえばさっきの電話番号のメモ、処分したいんですけど……。個人情報ですし、ここで捨てたらまずいですよね」

「家に帰って燃やしましょう。ガス火にくべましょう」

容赦のない千尋さんの言葉に、私は思わず苦笑した。

それは『ほたるまつり』から三日経った日中のことだった。

木霊さんが守る樹の周囲を掃除していると、門の外から声をかけられた。

「真琴さぁん、こんにちは。回覧板よぉ」

振り返ると、ご近所の白石《しらいし》さんが手招いていた。五十過ぎほどのご婦人で、いつも朗らかな方だ。私は掃除を中断して、門に歩み寄る。

「こんにちは、白石さん。わざわざありがとうございます」

門を開けて、回覧板を受け取る。すると白石さんはこっそり耳打ちしてきた。

「あ、そうそう。今回から次の人にも回して欲しいのよ」

「次の人……ですか？」

「そうなの。このお家の裏手に小さな階段があってね、その上に古いお家が一軒あるの。最近、そこへ越してきた方がいるらしくて。挨拶もまだだから、どんな方かも分からないんだけど……。って、そんな心配顔することないわよぉ、ほほほ」

白石さんは笑いながら去った。私は回覧板を手にしたまま、その背中を見送る。

初対面の方かぁ……。ちょっと緊張しちゃうな。

坂の上を覗くと、小さな階段があった。そこを上ると、古い一軒家が見えてくる。

木造のこぢんまりとしたお家だった。狭いながらも庭があり、洗濯物が干してある。私は少し緊張しながら、インターホンを押した。

ややあって、玄関の引き戸がからからと開く。ちょうど北側で森の影が差す玄関は、昼間だけれど昔ながらの蛍光灯がついていた。その光に照らされて——。

「はい、どちらさまですか？」

そこには——目を瞠るような美人が立っていた。

艶やかな長い髪に、雪肌。黒い瞳は僅かに濡れて、黒曜石のように輝いている。ほっそりとした体に花柄のワンピース、それが清楚でまたよく似合っていた。

初対面ということもあって、私はどぎまぎしながら言った。

「あの、はじめまして。近所に住んでいる英と申します。回覧板をお渡しに来ました」

「ご丁寧にありがとうございます」

しずしずと回覧板を受け取る仕草の一つにも、品の良さが表れている。

大きい瞳が、再び私を見つめた。

「失礼ですが、もしかして階段の下にあるお屋敷の方ですか……？」

「え？　あ、そうです」

「そう……でしたか。小林鈴《こばやしりん》と申します。今後ともよろしくお願い致します」

丁寧に頭を下げられ、私は恐縮しきりだった。小林さんはさらりと流れた髪を押さえ、背中の向こうへと戻す。

そこで私はふと気がついた。ワンピースのお腹のところが丸く膨らんでいることに。

「あっ、もしかして……」

「はい、もう臨月で……。それより越してきたのにご挨拶もせず、失礼致しました」

「い、いえ、そんな。気になさらないでください」

私は目を輝かせる。小林さんのお腹には新しい命が……！

「わぁ……。じゃあ、ご夫婦お二人ともすごく楽しみですね！」

「あ……その。私、夫はいないんです――」

ぴしっ、と音が鳴るぐらいの勢いで私は固まった。さあっと血の気が引く。

「ごめんなさ……あの、すみませ……」

「こちらこそすみません。気にしないでください」

微かな笑みを浮かべる小林さんに、私はなんと返していいのか分からない。

森から時折、よく通る鳥の鳴き声が聞こえる。

そうこうしているうちに、玄関の照明がぱちぱちと明滅し始めた。

「あ……。ごめんなさい、もうそろそろ替えなきゃと思っていたんです」

申し訳なさそうに言う小林さん。しかし玄関の天井は高くて、何かに登らないと届きそうにない。

「そうだ。あの……私でよければ作業しましょうか？　妊婦さんじゃ危ないですし」

「え……。でもそんな、悪いです」

「ご迷惑でなければさせてください。雑用は得意なんです」

にっこり笑ってみせると、小林さんはぱちぱちと目を瞬かせた。

「では……お言葉に甘えて」

私はさっそく小林さんに教えてもらい、庭に回って、物置から脚立を取ってきた。新しい蛍光灯を渡してもらい、切れた電球と手早く交換する。

「本当に助かりました、ありがとうございます」

嬉しそうな小林さんを見て、胸の内に充足感が広がる。

「とんでもないです。では、これで失礼します」

「あ、待ってください。お礼といってはなんですが、よかったらお茶でもいかがですか？」

控えめな微笑で小林さんに誘われ、私は思わず頷いてしまった。


小林さんのお家は遠原邸に負けず劣らず、歴史を感じさせる。

私は襖で仕切られた部屋のうちの一つに案内された。西向きの部屋で、庭に面している。ちょうど空の真上から傾きはじめた日が、縁側から入り込んでいた。窓は開け放たれていて、どこか夏の兆しを感じさせる、生温い風が部屋を通る。縁側には蚊取り線香が置いてあり、細い煙が立ち上っていた。

私は座布団の上に座り、お茶をいただいていた。

「すみません、大したものはないのですが」

そういって差し出されたのは和菓子の水無月《みなづき》だった。遠慮なくいただくと、控えめなあんこの甘さと、ういろうのもちっとした食感が、口の中でとろける。私は思わず頬を押さえた。

「ありがとうございます、美味しいです」

「お口にあって良かったです」

上品な笑みを浮かべながらも、小林さんは口をつけようとしない。私が首を傾げていると、小林さんは困ったように言った。

「すみません、臨月なので甘い物を節制していて」

「そっか……。妊婦さんですもんね」

「英さんも妊娠したら気をつけてくださいね」

「はい、分かりました……。って、に、ににに、妊娠したら、ですか!?」

「ええ、といってもお若いから気が早いですよね。ご結婚もまだでしょうし……」

顔を真っ赤にして黙り込んだ私に、小林さんは目を丸くした。

「もしかして、良い方がいらっしゃるのですか？」

「と……いうか、け、結婚して、ます……」

一応、と心の中で付け足す。神の身ならぬ小林さんは、私たちの事情を知る由もなく、驚きの表情のまま口に手を宛がった。

「そ、そうだったのですね。失礼しました。あの、あまり気にしないでくださいね」

お互いがお互い、思うことは一緒だったのだろう。真っ赤な顔で黙り込んでしまった私たちは、顔を見合わせて、やがて苦笑しあった。

小林さんがひとしきり笑った後、呟く。

「ふふ……ごめんなさい。こんな風に誰かと過ごすのは久しぶりで」

「私も、ご近所に歳の近いお友達ができたみたいで、嬉しいです」

「……あの、私のことは気軽に鈴と呼んでくださいね」

「鈴さん……。あ、では、私のことも真琴と呼んでくださいね」

「真琴さん、ですね。どうぞよろしくお願いします」

手を差し出してくれた鈴さんと、握手を交わす。ひんやりとした温度が心地よかった。

風向きが変わったのだろう、蚊取り線香の匂いが鼻先を掠める。懐かしさを感じていると、私と鈴さんの間にふと、何かが浮かんだ。

——煙だ。

蚊取り線香の煙が薄く広がっている。そこに浮かんでいるのは、煙が途切れてできた穴だ。上に二つ、下に一つ。ちょうど簡略化された人の顔に見える。

その目尻が悲しげに下げられ、口がぱくぱくと動いた。

尋常ではありえない現象に、私は息を呑んだ。

「どうかされましたか?」

「い、いいえ……」

私が首を振る間も、煙はぱくぱくと口を動かして何かを訴えかけている。

こ、これはまさか、あやかし……？

「り、鈴さん、最近何か変わったことはありませんでしたか？」

「変わったこと、ですか？　いえ……特にありませんが……」

やっぱり鈴さんには視えていない。そうこうしているうちに再び風向きが変わり、煙のあやかしは縁側に流されてしまう。しかし私が視えていることが分かったのだろう、なんとか部屋の中に入ろうとしては、またふわぁと流されて、じたばたしていた。

何か、訴えたいことがあるんだろうか。どうやら、たまちゃんやこの前の送り犬のように話が出来ないタイプのあやかしらしく、私じゃどうにも分からない。

でも『視えない人』のところに、あやかしを置いておくのも憚られるし……。

鈴さんは不思議そうに、あたふたする私を見ている。私は思いきって言った。

「か、蚊取り線香っていいですよね。うち、そのちょうど切らしていて……」

「ああ、それなら予備がありますから、差し上げましょうか？」

「いえ、その……あそこにある使いかけので十分です！　もらっていってもいいですか？」

鈴さんは戸惑いがちに「はぁ」と頷く。私は縁側へ出ると、火が付いたままの蚊取り線香を持ち上げた。

「あの、真琴さん……？　それでなくても新しいものが――」

「あ、あー！　いけないっ、お庭掃除の途中でした。そろそろお暇しますね。あの、また何かあったら言ってください。お手伝いするので」

私は冷や汗をかきながら立ち上がった。

「お体、大事にしてください。元気な赤ちゃんを産んでくださいね！」

私は鈴さんにぺこりと会釈をして、半ば無理矢理小林邸を後にした。


「――これは『煙々羅《えんえんら》』ですね」

「えんえんら？」

戸を閉めた風のない居間で、居心地が良さそうにふわふわと浮かんでいる煙を見上げる。

千尋さんはお茶をすすりながら、続けた。

「見た通り、煙のあやかしです。煙に宿った精霊という解釈もあります。昔は竈の火や薪の火から立ち上ることがあったそうです。特段、人を害するあやかしではありません」

煙々羅さんはぐいぐいと自分の体を伸ばした。それは小林邸の方角を指している。

「確かに、何か訴えたいことがありそうですね。俺が行って良ければ見に行きますが」

「ううん、でも……」

不確定な情報で千尋さんの手を煩わせるのも憚られる。それに出会った初日にいきなり夫婦で詰めかけるのもどうかと思うし。そもそも私は一度、使いかけの蚊取り線香を強奪するという奇行に走っているわけだし……。

「私、ちょっと気に掛けておきます。一人暮らしの妊婦さん、ということもありますし」

と、煙々羅さんがばたばたと慌て始めた。蚊取り線香がなくなりかけている。

「火を移し替えましょう」

千尋さんが居間を出て、新しい蚊取り線香を取ってきてくれた。そこから慎重に火を移すと、元気な煙々羅さんの姿が浮かび上がる。その顔がにこりと笑った。


その一週間後、再び回覧板が回ってきた。坂の上のお宅に関する噂を聞きたがる白石さんをなんとかかわして、私は鈴さんの家を訪れた。

「真琴さん、こんにちは。先日はお世話になりました」

「こんにちは。こちらこそご馳走になりまして。あっ、回覧板です。あとこれ……」

私が差し出したのは、花柄のカラフルな小包だった。

「ノンカフェインの紅茶です。狭霧さ……友人からの頂き物ですが、よろしければ」

「いいんですか、ありがとうございます。あ、もしお時間あれば、またお茶しませんか？」

鈴さんに笑顔で招かれて、私はお言葉に甘えた。

先日通された部屋で、同じようにお茶を楽しむ。鈴さんはさっそく紅茶を淹れてくれた。甘い薔薇《ばら》の香りが湯気と共に立ち上る。

「真琴さん、今日はお庭のお掃除は大丈夫なんですか？」

「あ、はい。しっかりしてきました」

あの日はすっかり庭掃除を忘れていて、翌日、樹の下で丸くなり、拗《す》ねていた木霊さんを思い出す。さとりちゃんと一緒に慰めて、ようやく機嫌を直してくれたのだった。

「お庭、広くて綺麗ですよね。うちから見えるんです。特に大きな桜の樹があって」

鈴さんは遠い目をして、外の森を眺めた。私もつられてそちらを見やる。

今日は曇っていて風が強い。風が吹く度にがさがさと葉擦れの音が森に広がる。

そこでまた甲高い鳥の鳴き声を聞いた気がした。

そういえばあまり聞き慣れない声だ。少なくともうちでは聞いたことがない。珍しい鳥でも棲んでいるのかな――。

「うっ……」

鈴さんの呻き声に、私は我に返った。慌てて首を室内に巡らせると、鈴さんがお腹を押さえてうずくまっている。私はさあっと顔を青ざめさせた。

「鈴さん!?」

駆け寄ると、鈴さんは額に玉の汗を浮かべていた。眉間には深い皺が寄り、目はぎゅっと瞑られている。食いしばった歯が苦しさを如実に訴えていた。

「た、大変。救急車……!」

「待っ、て、大丈夫です――たまに、あるんです。じきにおさまります……」

立ち上がろうとした私の腕を、思いがけない力で鈴さんが掴む。

荒い呼吸音だけが部屋に響く。長い時間をかけて、鈴さんは次第に息を整えていった。うずくまっていた鈴さんは、しばらくしてよろよろと体を起こした。汗で張り付いた前髪の先が濡れそぼっている。

「……ね？　おさまりました、大丈夫です」

気丈に微笑む鈴さん。しかし、私の心臓は早鐘を打ち続けている。

「本当に大丈夫なんですか？　鈴さんとお腹の赤ちゃんに、もしものことがあったら」

「心配しないで。お腹が張ったりするのは、これぐらいの週数になればよくあることです。ただちょっと……今日は体調がよくないみたいです。ごめんなさい、また今度……」

「はい。あの、何かあったら言ってくださいね」

「ええ、ありがとう、真琴さん」

私は重い足取りで小林邸を後にした。階段を降りている間、脳裏に浮かぶのは煙々羅さんの心配げな表情だった。

――また一つ、甲高い鳥の鳴き声がした。

日が落ちて少し経った頃、夕食の準備をしていると、千尋さんが二階から降りてきた。私は小松菜とじゃこを和えていた手を止めた。

「お疲れ様です、千尋さん。お茶のおかわりですか？」

「ああ、いえ。今日はもう仕事は終わりにしました」

千尋さんは冷蔵庫から麦茶の入った冷水筒を出し、コップに注いだ。台所の窓はかすかに開いており、そのそばには蚊取り線香から煙々羅さんが立ち上っていた。煙々羅さんは相変わらず小林邸の方を眺めている。冷たい麦茶を啜りながら、千尋さんが言った。

「確か、送り犬の時はたまが仲介しましたよね。今回もたまに聞きましょうか」

「それが……二、三日前から姿が見えないんです」

私はわずかに俯いた。たまちゃんがふらりと出かけてしまうのは、これまでもあったことだけど、こんなに長いとさすがに心配になる。

「まぁ、あれでも猫又ですから、身の危険は心配ないでしょう」

私を気遣うように千尋さんが言った、その時だった。

台所にふわりと風が入ってきて、煙々羅さんが激しく煽られた。

あわや火が消えてしまうのではないかと慌てた私の耳に、聞き慣れた声が飛び込む。

「――やぁ、待たせたね、諸君。みんなの狭霧さんがやってきたよ！」

現れたのは狭霧さんだった。スーツ姿にビジネスバッグ、パンプスを逆手に持っている。

「待ってないです。それになんですか、みんなの狭霧さんって」

「狭霧さん、お仕事お疲れ様です。もうすぐお夕飯できますからね」

「わーい！　ありがとう、真琴くん！」

「真琴さん、疑問を持ちましょう、疑問を」

仏頂面の千尋さんの背中を、狭霧さんがぐいぐいと押す。

「まあまあ、千尋。私たちは邪魔だから、居間で待っていようじゃないか」

「邪魔なのはあなただけです！」

相変わらず仲の良い二人の背中を見送る。微笑ましい反面、少しだけ——胸が詰まるような気がした。なんでだろう、前はこんなことなかったのに。

「って、いけない。お夕飯お夕飯」

手早く残りの料理を作り、私はまずご飯の入ったおひつを持って、居間の方へ向かった。廊下を抜けて襖を開こうとした瞬間、話し声が聞こえてきた。

「——今日は、目撃者に話を聞きにいったよ」

狭霧さんの声音はいつになく真剣だった。聞き手の千尋さんは無言だ。部屋の中がぴりっとした緊張感に包まれていて、私にも伝播《でんぱ》してくる。

「その人が言うには、山の方へ入っていく遠原氏らしき人物を見かけたそうだ。ちょうど一年前の晩、深夜の一時頃だったという」

「……その時、遠原は一人だったのですか？」

「いや、もう一つ人影があったらしい。角の生えた鬼のようだったというんだから驚きだ」

「やはり……あやかしがらみ、でしょうか」

「証言を信じるならば、間違いないね」

襖の隙間から漏れる一筋の明かりが、私の顔に差している。二人は何の話をしているのだろう。私はここにいてもいいのだろうか。立ち去ろうかどうしようか迷った、その時。

「くそっ、一体どこに行ったんだ、遠原……」

千尋さんがどん、と食卓を叩いた。

「行方不明だなんて。いつまで『家守』をやらせる気なんだ……！」

「えっ――」

私は思わず引きつった声を上げてしまった。その拍子に体勢を崩して、後ろに倒れ込みそうになる。自らを支えようと襖に手を掛けた。私の力に負けて襖が開いて、姿が露わになってしまう。

「きゃっ……！」

「真琴さんっ？」

千尋さんが立ち上がって、すんでのところで私の腕を引っ張り上げた。

「おっと」

お盆を離れて空中に舞ったおひつは、狭霧さんが風で受け止めてくれる。

ふわふわと宙に浮かぶおひつ越しに、私はぺこぺこと頭を下げた。

「ご、ごめんなさい。立ち聞きするつもりはなくて……！」

「立ち聞き？」

狭霧さんはおひつを食卓に置き、千尋さんに向き直った。

「千尋。君、もしかして遠原氏のこと、真琴くんに言ってないのか？」

「あ……いや、それは」

口ごもる千尋さんを狭霧さんがじっと睨む。私は訳も分からず、二人を見守っていた。

かちゃかちゃと箸が食器を叩く音が三人分響く。その合間から狭霧さんが珍しく不機嫌な口調で、千尋さんにお説教をしていた。

「まったく、驚いたというか呆れたというか。何故、こんな大切なことを言ってないんだ」

「すみません……。余計な心配をかけるかと思って」

そしてこちらもまた珍しく、千尋さんがしおらしい。私は夕飯を食べる手を止めて、ぷりぷりと怒っている狭霧さんをなだめた。

「狭霧さん、聞かなかった私も悪いですし……」

「だめだ、だーめ！　そうやって真琴くんはすぐこの男を甘やかすんだから！」

千尋さんは漬物を囓るばかりで、反論しない。いつもとはまるで立場が逆だった。

「とにかく君の口からちゃんと説明することだ、千尋。この場で、今すぐにだ！」

「分かりました……」

私の対面に座る千尋さんは湯呑みに口をつけ、気持ちに区切りをつけるように、はあっと一つ溜息をついた。

「真琴さん、お聞きの通りです。現在、遠原幸壱は行方不明になっています」

「そう……だったんですか」

「ええ。一年前のある日、俺にこの家を守ってくれと託して……それ以来、消息不明です。警察や探偵にも捜索を依頼しましたが、なしのつぶて。今はこうして狭霧さんが情報を集めてくれています」

千尋さんの表情に暗い影が差す。当然だ、親友が一年も行方不明だなんて……。

「私もあらゆるツテをあたっているんだがね、どうにも行方が分からないんだ。ただ千尋に家を託してすぐにいなくなったことを考えると、彼は『自分がいなくなること』を悟っていた可能性が高い。つまり自ら失踪したか、もしくは危険に首を突っ込んだか――だね」

言葉もなかった。千尋さんはずっと、そんな辛い思いを抱えていたんだ――。

「遠原はいつ戻ってくるか分かりません。いえ、戻ってくるかどうかも……。だから俺と真琴さんの『契約』も、遠原家の『家守』もいつまで続くか、定かではないんです」

「千尋さん……」

「約束通り、生活は保障します。大学の学費も出します。学業の片手間でいいので――どうか俺を助けてください」

「そんな、顔を上げて……！」

私は腕を伸ばして、千尋さんの肩に触れた。千尋さんはやっと頭を起こす。

不安げな千尋さんに、私は精一杯微笑みかけた。

「私の方こそふつつか者ですが……改めてよろしくお願いします」

「真琴さん……ありがとうございます」

千尋さんの表情から強張りが抜けていく。途端、狭霧さんがぱんぱんと手を叩いた。

「よし、話も終わったことだし、ご飯のおかわりだ！　あっ、漬物も一緒に頼むよ！」

「はい、分かりました」

おひつから茶碗にご飯をよそって、狭霧さんに手渡す。漬物を持ってこようと、小皿を手に居間を出た。

廊下を抜け、台所へ戻る。私は台所の扉を閉めて、軽くそこに背を預けた。

「千尋さん……」

顔に張り付かせていた笑みが消える。私は最後までうまく笑えていただろうか？

私は狭霧さんのように、友人の失踪に心を痛めている千尋さんの力にはなれない。せめて、あやかしのことだけでもお手伝いしたいけど――。

私は扉から離れ、シンクの前に立った。窓際では、煙々羅さんがたゆたっている。

煙々羅さんは私が連れてきたあやかしだ。なのに何を訴えたいのか、未だに分かっていない。これじゃ千尋さんの悩みの種を増やしているも同然だ。

力になるどころか、足を引っ張っている。

私には千尋さんの隣にいる資格が、あるんだろうか――。

目の前の煙がふわふわと動いた。煙々羅さんが私の顔を心配そうに覗き込んでいる。

「……煙々羅さんも、ごめんなさい。私、なんのお役にも立てなくて」

煙々羅さんが訴えたいこと。せめて私が聞いて、代弁してあげられればいいのに。

――そう考えた時、はっとした。

もしかしたら。

私は居間に取って返した。襖を開けると、狭霧さんが笑顔で手を差し出した。

「わぁい、漬物だぁ」

「――千尋さん！」

私は食卓を回り込んで、千尋さんの隣に座り込んだ。ずいっと顔を近づけたせいで、千尋さんは体を仰け反らせる。

「煙々羅さんが言いたいこと、私、聞きだせるかもしれません！」

「な、なんですって？」

「おぅい、漬物――」

千尋さんが後ろ手に狭霧さんの口を塞いだ。眼鏡の奥の瞳が真剣に私を見つめる。

「何か分かったんですか？」

「いいえ。うまくいくか、分からないんですけど……」

私は千尋さんにそっと耳打ちした。千尋さんは目をぱちぱち瞬かせた後、

「――えええええ!?」

と、珍しく驚愕したように叫んだ。

夕飯もそのままに、私たち三人は煙々羅さんを囲んでいた。煙々羅さんは何事かときょときょとしている。

「真琴くんも無茶を言うなぁ。あやかしを吸い込んで、自分の体に乗り移らせるなんて」

「でも私なら可能性はあるんですよね？」

「まぁね。元々あやかしの私にはできない。退魔士である千尋は本能的に祓ってしまう。それができるのは真琴くんだけだろう」

「待ってください、やっぱり考え直しましょう」

頷く狭霧さんの横から、千尋さんが口を挟む。

「あやかしに体を貸すだなんて。下手をしたらそのまま乗っ取られる危険性もあります」

「でも、危なくなったら千尋さんがいます。私、信じてますから」

にっこり笑うと、千尋さんは押し黙った。その脇を狭霧さんが肘でつつく。

「奥方にそこまで言われちゃ、やらないわけにはいかないな、旦那様？」

「うるさいですね」

千尋さんは眼鏡のブリッジを押し上げ、真っ直ぐ私を見つめた。

「――分かりました。真琴さんは俺が必ず守ります」

「はい、お願いします」

私は蚊取り線香の缶を手に取った。そして煙々羅さんごと持ち上げる。

「煙々羅さんもよろしいでしょうか」

煙に浮かぶ表情はきりっと引きしまっている。覚悟は決まっているようだ。

「あなたが言いたいこと――どうか私たちに教えてください」

うまくいきますように。

……少しでも煙々羅さんと、そして千尋さんのお役に立てますように。

そう願いながら、私は煙を一気に吸い込んだ。


誰かが私に話しかけている。ゆらゆらと煙のようにたなびく、私に。

『――あなたも一人なの？　そう……私もなの』

くすぶる火の中から、私を見つけてくれたのは美しい人だった。

『あ……違ったわ。今は一人じゃないの。私のこの……お腹の中に、もう一人、いるのよ』

嬉しそうな、それでいて切ない響きを持つ声音だった。その美しい人はお腹を撫でながら、なおも語りかける。

『私、この子を守りたい。この子が生まれてくれるなら、私はどうなったって構わない――』

私は悲しい気持ちになった。どうか、そんなことを言わないで。自分を大切にして。

『だから、もし良かったら、一緒にいて。そばにいて、私たちを見守っていて』

ええ、もちろん。約束する。

私が、私が優しいあなたを守るから――。

私は自分の頬に伝う涙の冷たさで、目を覚ました。背中に畳のほどよい固さを感じる。どうやら居間に寝かされているようだった。

少しぼやけた視界には、こちらを心配そうに覗き込む千尋さんと狭霧さんの顔が映っている。驚いたことに、千尋さんは濃い紫色の退魔士装束に着替えていた。

「真琴さん、大丈夫ですか？」

眼鏡の奥の瞳が曇っている。私は頭痛を堪えて、のろのろと手を伸ばす。千尋さんの温かい手がぎゅっと私の手を握り、力強い腕が私の背中に回った。

「そういえば……煙々羅さんはどうなりました？」

居間には、火のついていない蚊取り線香が、ぽつりと置かれているだけだった。

「君に吸い込まれてから、姿を消したよ。おそらくもうだいぶ力が弱まっていたんだろう。元々、実体があってないようなあやかしだからね」

「そん、な……」

「あれも承知の上だったのだろう。真琴くんが気に病むことはないさ。それよりも今は」

狭霧さんが千尋さんに目配せした。千尋さんは大きく頷く。

「真琴さん、煙々羅の話によると、事態はあまり芳しくないようです。すみませんが説明している暇はない。今すぐ小林鈴さんのもとへ向かいましょう」

「え……？」

私は目を見開いて、深刻な表情を浮かべている千尋さんを見つめた。

煙々羅さんはやっぱり私の口を通して、何かを千尋さん達に訴えたんだ。

おそらく、鈴さんの窮状を――。

「……はい！」

私は頭痛も忘れて、立ち上がった。煙々羅さんが残した言葉、無駄にはできない。


古びた一軒家の玄関前に、私と千尋さん、狭霧さんは立っていた。千尋さんの羽織が、曇り空を渡る風にはためいている。その風に乗って、風変わりな鳥の鳴き声が響いた。

私が代表して、小林邸のインターホンを鳴らす。

『はい……』

スピーカーから聞こえてきた鈴さんの力ない声色に、私は思わず眉根を寄せる。

「鈴さん、こんにちは。真琴です。ちょっと様子が気になって、寄ってみました。良かったら上げてくださいませんか？」

沈黙の向こうからかすかに、はぁはぁと荒い息が聞こえてくる。私は慌てて呼びかけた。

「鈴さん、大丈夫ですか？　鈴さん？」

『ま、ことさん……ごめんなさい、私……』

思わずドアノブに手をかけると、鍵がかかっていなかった。私は戸惑って、背後の千尋さんを見やる。千尋さんは私の手をノブからほどくと、インターホンに向かって言った。

「突然、すみません。俺は英千尋といいます。真琴さ……真琴の夫です。今から家の中に入ります、いいですね？　失礼します」

有無を言わさぬ口調で言い、千尋さんが玄関ドアを開ける。狭霧さんは玄関で立ち止まっていた。それには気づいたが、気にしている暇はなかった。

廊下を抜けると、突き当たりに居間があった。古い台所とテーブルがある。そこでインターホンの受話器を握りしめたまま、倒れ込んでいる人影を見つけた。

「――鈴さん！」

私は慌てて鈴さんに駆け寄った。肩で荒い息を繰り返し、大きなお腹を押さえて、完全に床に突っ伏している。

私は急いで、買ってもらったばかりのスマホをスカートのポケットから取り出した。

「今、救急車を呼びますから……！」

すると、鈴さんは私の手を掴んだ。その手は氷のように冷たい。

「駄目……。私、お医者様にはかかってないんです……。事情があって、行けなくて」

「え？」

「真琴さん」

驚いて目を丸くする私の横で、千尋さんもまた首を横に振った。

「医者に行っても、彼女の不調は治癒しません。これは――あやかしの仕業ですから」

私はハッとして千尋さんの姿を今一度見やった。そうだ、この衣装はさとりちゃんが暴走しかけた時と一緒。

退魔士である千尋さんが――あやかしを相手取るための、着物だ。

千尋さんは台所の横にある勝手口に歩み寄り、ドアを開け放った。そこは小さな庭に通じている。

「――いい加減、出てきたらどうだ！」

刹那、あの鳥の鳴き声がけたたましく響いた。

それは脳に直接突き刺さるほど、鋭く、甲高い、威嚇するような鳴き声だった。

「うっ……！」

私は思わず耳を塞いだ。鈴さんは声を上げずに、うずくまる。

部屋の中に突風が吹いた。目を開けていられないほどの風に包まれ――気がつくと、私たちは何故か庭に出ていた。

「え……？」

目の前に鎌倉山の森が広がる。木のてっぺんからふわりと大きな鳥が降りてきた。

いや、それは人の形をしていた。

やつれた女性の背中に、鳥のような黒い翼が生えている。長い髪はだらりと垂れ下がり、まるで表情が読めない。女性は大きく横に裂けた口で、ぽつぽつと呟いた。

「返して……私の、赤ちゃん……」

地獄の底から這《は》い上がってくるような声色に、ぞくりと身震いする。

「これは産女《うぶめ》というあやかしです。難産の末に亡くなった女性が変化したものです」

千尋さんが冷静な口調で続ける。

「おそらく赤子も出産の時に亡くなってしまったのでしょう。だからこの産女は他人の子を——小林さんの子を求めている」

「そんな……」

私は顔を俯かせずにはいられなかった。そんな悲しい話が、この世には存在するのか。

「赤ちゃん……お願い……」

産女は皮と骨だけになった手を、そろそろと鈴さんに向かって伸ばす。そこに立ちはだかった千尋さんは懐から五枚の紙片を——呪符を取り出していた。

「千尋さん、待って……どうにかしてあげられないんですか!?」

「産女はもう生前の人ではありません。小林さんとそのお子さんのためにも、もう……祓うしかないんです」

さとりちゃんの時とは違う、覚悟を決めた眼差しで千尋さんは産女を睨む。

「邪魔、しないで……返して——私の赤ちゃん！」

産女が口を大きく開いた。あのけたたましい鳥の鳴き声が辺りにばらまかれる。

風が巻き起こり、森の木々がぶわりと揺れる。私は思わず鈴さんに覆い被さって、彼女を庇おうとした。

「——四方結界《しほうけっかい》、急々如律令《きゅうきゅうにょりつりょう》！」

そこへ千尋さんの呪符が等間隔に浮き上がり、光を放つ。突風はここまで辿り着かず、私の髪を一本も揺らすことはなかった。

千尋さんが守ってくれたんだ。そう思う間もなく、今度は産女が高く舞い上がる。

「死んでないの、生きているのよ、赤ちゃん……返して、返してよ！」

悲痛な叫びと共に、黒い翼が幾度も羽ばたく。そのたびに空気の塊が地上に叩きつけられた。どん、どん、という重い衝撃が庭を襲う。庭の地面は土ぼこりを上げて削られる。プレハブの物置までもが、衝撃に耐えきれず、横に倒れた。

「きゃあっ！」

恐怖に全身が凍り付く。私はほとんど鈴さんにしがみつくようにしていた。腕の中の鈴さんには力がほとんど感じられない。おそらくは気を失っている。

「返せ、返せ！」

産女の声がさらに高さを増す。千尋さんは動かない。ひやひやして見守っていると。

「——まったく、ないものは返せないぜ？」

空中に狭霧さんが躍り出た。背中の白い翼をはためかせ、産女を羽交い締めにする。

「遅いです、狭霧さん」

「千尋の腕が鈍《なま》っていないか、確認するためさ！」

狭霧さんに捕まった産女は、この世のものとは思えない唸り声を上げて、じたばたと暴れている。そこへ千尋さんが新たな呪符を構えた。

「余計なお世話です。……今すぐ、終わらせます」

千尋さんは容赦のない、鋭い眼光で産女を睨んでいる。

それはきっと、私の知らない退魔士の顔だ。

千尋さんは今、産女を『あやかし』とは思っていないだろう。

怪異。人に仇なす、化け物――。

「――待ってください、千尋さん！」

私は鈴さんを慎重に地面に寝かせると、千尋さんに駆け寄った。

「真琴さん……!?　駄目です、下がって――」

「赤ちゃんがいればいいんですよね？　こういったことはできないですか？」

その時、私の頭をよぎったのは、シンさんの蜃気楼だった。

千尋さんは私の提案を聞くなり、目を見開く。

「可能ですけど、いや、でも――そんなことで……」

「お願いです、やらせてください！」

千尋さんは私の顔をじっと見つめた。

私たちは『家守』だ。あやかしを慈しんでいた、遠原さんの。

だとしたら、煙々羅さんだけじゃない。

目の前の悲しいあやかしを救う。遠原さんだったら、きっとそうする……！

「……分かりました、やってみましょう。ただし少しでも真琴さんの身に危険が及んだら、産女は俺が祓います」

千尋さんが取りだしたのは少し変わった呪符だった。丸い頭があって、四角い体があって、まるで人の形をしている。その呪符を手に、千尋さんは何事かを呟く。

やがて呪符が光り輝き出す。それは丸い形になって、私の手元に下りてきた。

「狭霧さん、産女を下に！」

千尋さんが叫ぶ。狭霧さんは頷き、暴れる産女を無理矢理庭へ下ろした。

「いや、返して……赤ちゃん……お願い、返事をして、泣いて——」

そこへ——。

ほぎゃあ、ほぎゃあ、と元気な泣き声が木霊する。

産女がはっと顔を上げた。

私は横抱きにしていた赤ちゃんを差し出した。

千尋さんが作ってくれた、幻。

だけどそこに本物の命が宿っているかのように、私はその幻を愛しく見つめた。

産女は——いや、産女さんはぴたりと動きを止めた。

「生まれましたよ。元気な男の子です」

産女さんはじわじわと目を見開いた。顔には血の気が戻り、彼女は瑞々しい肉体を取り戻していく。髪の毛には艶が戻り、美しい女性の——母親の姿を取り戻す。

「わ、たしの……赤ちゃん……」

産女さんは恐る恐る、私の手から赤ちゃんを受け取る。白いおくるみに包まれた、生まれたての柔らかい小さな体を。温かいぬくもりを持つ、優しい匂いのする赤ちゃんを。

「ああ……私の、赤ちゃん。本当に生まれてきた。会いたかった、あなたに……！」

産女さんの瞳から涙が零れる。そのたびに背中の黒い羽根が地面に落ちていく。

「ずっと、会いたかったの……！」

母は子を抱き、笑顔で頬を寄せる。

そうしてすべての羽根が抜け落ちた時、産女さんと赤ちゃんは、すうっと溶けるように消えていった。

——森に、静寂が戻る。

緊張が解けた私は、その場にくずおれた。

「真琴さん！」

地面に倒れ込みそうになったところを、千尋さんが支えてくれる。私は力なく笑った。

「あ、はは……安心したら急に膝にきました……」

千尋さんの顔色は優れない。苦しそうに眉根を寄せている。

「……無茶、しないでください。あなたに何かあったら俺は——」

「千尋さん……？」

言葉の続きを聞きたかったけれど、それはかなわなかった。

「うう……」

後ろで気を失っていた鈴さんが、身を起こしたのだ。狭霧さんが何食わぬ顔で、さっと天狗の翼をしまいこんだ。

「あれ……わ、たし――」

「鈴さん、具合はどうですか?」

まだ千尋さんに支えられたまま、私は体ごと鈴さんに向き直る。鈴さんは狐につままれたような顔で、辺りを見回していた。

「体は今はなんとも……。あれ、どうしてみなさん、庭に――」

鈴さんは最後、千尋さんに目を止めた。私に連れ添っていたこと、そして退魔士の衣装が意識を引いたのだろう。

「あなたが、真琴さんのご主人ですか……? その格好は――」

「ああ、いえ……これはその、ええと、趣味の服で」

眼鏡の弦をせわしなく弄りながら、千尋さんがぼそぼそと答える。鈴さんは首を傾げていたが、特にそれ以上気にする様子はなかった。

私はしゃがみ込んで、鈴さんと目線を合わせた。

「鈴さん、きっともう具合が悪くなることはないと思います」

「え……?」

医師でもないのに言い切る私に、鈴さんは疑問符を浮かべている。深く追及される前に私は続けた。

「お医者さんにかかっていらっしゃらないのも、何かの事情があるんですね」

「……はい」

鈴さんはそっと俯いた。理由を聞き出そうとしているわけじゃない。

けど、これだけは知っていて欲しかった。

「鈴さん、また何かあったら、すぐ私達を頼ってください。ご自分のためにも、お子さんのためにも。できるだけ、お力になりますから」

「真琴さん……」

ぎゅっと瞼を閉じた鈴さんの目尻から、つっ――と一筋の雫が流れ落ちる。両手で顔を覆って、華奢な肩を振るわせながら、鈴さんはくぐもった声で言い続けた。

「……ごめんなさい、ごめんなさい……」

どうして、何に対して、鈴さんが謝っているのかは分からなかった。

だけど、私はその細い背中に手を回し、そっと撫で続けた。


産女さんの騒動から三週間ほどが経っていた。

関東地方は一昨日、梅雨入りした。二日間ほど雨が降り続いた後の、今朝。空は雲間から青空を覗かせており、梅雨の中休みといった風情のお天気だった。

昼間、私は千尋さんに誘われて、再び鶴岡八幡宮へと出かけていた。

なんでも、今日は――。

「大祓《おおはらえ》？」

「はい、六月末と大晦日の年二回、日々の穢れを祓う儀式です。六月のものは夏越《なごし》の祓とも言います。人もあやかしも少なからず穢れを持っています。俺や真琴さんが祓っておくに越したことはないかと」

参道を行きながら、そう教えてもらう。

境内にはほたるまつりほどではないけれど、たくさんの人が集まっていた。

ここに来ると、ほたるまつりの夜を思い出す。持っていた鞄の中で『ひかり御守』がちりんと鳴った。スマホのストラップにしているのだ。

舞殿の脇を抜けて、拝殿へと続く大石段――長い階段の下に、青い草で編まれたような大きな輪っかが設置されていた。

「これが茅《ち》の輪です。夏越の祓ではここをくぐり、心身を祓い清めます。神社が行う大祓式もありますが、ここは自分で祓う自祓所ですね」

自祓所の入り口で神社の方に説明を受ける。紙を人の形に切った『人形《ひとがた》』をいただく。

千尋さんに続いて、茅の輪の中をくぐり、人形に息を吹きかける。最後に体を軽く撫でると、これでお祓いは終了だ。

「人形って、あの日――産女さんの『赤ちゃん』に変えたお札に似てましたね」

「原理は一緒です。さっきも人形を、自分の穢れの依《よ》り代《しろ》にしたんです。代わりに穢れを持って行ってくれます」

「ははあ……」

　曖昧な返事をするしかない私に、千尋さんは微苦笑を返した。私はその柔和な表情を見て、思わずさっと俯く。……最近、千尋さんはよく笑ってくれる。嬉しいことなのに、その度にどうしていいか分からなくなってしまうのは何故なんだろう。

　ふと、境内から見た空に煙が上っていた。どうやらお焚《た》き上げしているらしい。

　天高く上がるにつれて、細くなっていく煙に、私は煙々羅さんを思い出した。

「……私、煙々羅さんを吸い込んだ時、少しだけ夢を見たんです」

「夢、ですか？」

「煙々羅さんと……多分、鈴さんが話している夢でした。煙々羅さんは鈴さんに拾われたようなんです。それに恩義を感じて、鈴さんと赤ちゃんを守る、と約束していた――」

「それは……しかし」

「はい、分かっています。鈴さんに煙々羅さんは視えないこと。でも、命まで懸けて鈴さんを守ったんです、きっと心の底で二人が繋がっていたって思いたいんです……」

　千尋さんは答えなかった。代わりに空に上がる煙を見て、呟く。

「――蚊遣火《かやりび》ふすぶるもあはれなり。六月祓《みなづきばらえ》またをかし」

「それは……？」

「徒然草の一節です。この『蚊遣火』は煙々羅のことではないか、という説もあります」

眼鏡の横から見える瞳が、じっと空を見つめている。

「煙々羅がいなくなったからといって、消失したとは限りません。存外、あの煙の中にいるかもしれない、と思って」

「そう……。そうですよね」

「ええ、きっと」

鶴岡八幡宮を出て、東急ストアで軽く買い物をしてから、私たちは江ノ電に乗った。緑色とクリーム色の電車に揺られていると、やがて極楽寺駅についた。

極楽寺トンネルのそばにかかる、赤い欄干の橋を渡る。千尋さんの手元でスーパーの袋が揺れていた。当然のように持ってくれるから、私はなんだかそわそわしっぱなしだった。

「今日は二人分の食事でいいです。狭霧さんは遠原の件で、調べ物があるそうで」

「そっか……。きっともうすぐ見つかります。私、お会いできるのが楽しみですっ」

「……ええ、俺も早く真琴さんを紹介したいです」

眼鏡の奥で千尋さんが柔らかく目を細めた。私はとっさに、自分のパンプスのつま先に意識を集中させた。……じゃないと、なんだか変な顔になってしまいそうで。

それに……少しだけ、気がかりがある。

もし、遠原さんが見つかってしまったら、この『家守』の暮らしは――終わってしまう。

叔父さんの家を追い出された時は、一人になるのが怖かった。

でも、今はそれだけじゃない。

せっかく仲良くなった、あやかしのみんな――たまちゃんや、さとりちゃん、木霊さんに、それに狭霧さん。シンさんにだって、もう会えないかもしれない。

それに、なにより、私は。

私、は――。

「あ……」

千尋さんが声を漏らす。ちょうど坂が終わり、我が家が見えた頃だった。

門のそばに人影が立っていた。

六月の終わりの風に、長く美しい髪と小花柄のワンピースの裾がなびいている。見覚えのある人形のように整った横顔に、私は嬉しくなって声を掛けた。

「鈴さん、こんにちは！」

手を振って、歩み寄る。鈴さんが振り返ると、腕の中に抱いている何かが見えた。

それは――おくるみに包まれた、赤ちゃんだった。

「あっ……！」

しばらく連絡していなかったけれど、ついに赤ちゃんが生まれたんだ……！

「真琴さん、ご主人も……こんにちは。お出かけなさってたんですね」

「はい、少し鎌倉まで。あの、赤ちゃん、生まれたんですね。おめでとうございます！」

「ええ……。元気な男の子です」

鈴さんは柔和に微笑み、眠る赤ちゃんを撫でた。ふっくらとした頬に、きゅっと握られた小さな手。すやすやと眠る姿はまるで天使のようだ。

「可愛い……。お名前はもう決まったんですか？」

「いえ、それが……まだ少し迷っていて」

「そうなんですね。大切なことだからゆっくり決められたらいいと思いますよ」

「真琴さん」

千尋さんが隣で門を開き、手招きする。私はぱあっと顔を華やがせた。

「鈴さん、立ち話もなんですし、どうぞお入りください。風も出てきましたし、産後のお体に障ったら大変ですから……」

「――いえ」

鈴さんは何故か硬い口調でそう言い、首を横に振った。

「今日は、お二人にお話ししたいことがあって参りました」

「え……？」

千尋さんともども、呆然と呟く。あまりに真剣な鈴さんの言葉に、黙って見守るしかできないでいると、鈴さんは決意の表情で私たちを見た。

「このお屋敷の本当の主。行方不明になっている――遠原さまのことです」

束の間、雲が太陽を遮った。

どうして、鈴さんがその名前を――？

「遠原さまはすでに亡くなっています」

薄暗い影が落ちる光景の中、鈴さんははっきりと告げた。

「あの方を――遠原幸壱さまを殺《あや》めたのは、私です」

第四話　さよならは、りんとして鳴る鈴音《すずね》のように

――耳に痛いほどの沈黙が、その場を支配していた。

もう七月に入ろうかという時期なのに、一気に肌寒くなる。

しばらく誰も動けなかった。私も、千尋さんも、鈴さんも――。

ようやっと口を開いたのは、千尋さんだった。

「あなたが……殺した？　遠原を？」

「はい、左様です。私は――人ではありません。鬼、と呼ばれる類の者です」

「嘘……」

私は半ば呆然と呟いた。

「だって、鈴さんには煙々羅さんが視えていなかった。産女さんも」

「……ごめんなさい、真琴さん。私には全て視えていました。その上であえて触れないようにしていた。あの煙々羅も元は私が拾った子です」

思わず口を手で押さえる。やはり私が煙々羅さんを吸い込んだ時に見た夢は――煙々羅さんと鈴さんが話をしている夢は、本当にあったことだったんだ。

ざり、と靴裏が地面を擦る音がした。千尋さんが一歩前に出て、鈴さんに詰め寄る。

「あなたからは何も感じない……。あやかしでは、ないはず」

「――では、これなら信じていただけますか？」

刹那、鈴さんから、ぶわりと異質な圧力が生まれた。

風もないのに、体ごと押し流されそうになる。私はとっさに身を竦める。

「これ、は……」

千尋さんの横顔を見る。そのこめかみから、一筋、冷や汗が流れていた。

その理由はすぐに分かった。

鈴さんの額から、角が生えていた。太く、二つに枝分かれした、恐ろしい角が。

「退魔士相手に隠し通せていたのなら、私もまだ鈍ってはいないということですね……」

乾いた口調でそう呟くと、鈴さんはすぐ元の姿に戻った。

再びの沈黙が落ちる。私は千尋さんの肩が、細かく震えているのに気づいた。

「本当に……あなたが遠原を殺したのか……」

眼鏡の奥の鋭い眼光に、私は固唾を呑んだ。鈴さんは伏し目がちに答える。

「はい。これが証拠です」

鈴さんが取り出したのは、運転免許証だった。

垂れ目がちの優しい面差しの青年が写真に写っている。名前の欄には『遠原幸壱』とあった。ただの落とし物だという可能性もあっただろう。

その免許証が——血に汚れていなければ。

「——ッ！」

千尋さんの両目尻が吊り上がった。食いしばった歯をむき出しにして、怒りを露わにしている。その手がデニムのポケットからすばやく呪符を取りだした。

「この——鬼女め！　調伏してやるッ！」

あの温厚な千尋さんとは思えないほどの怒声だった。

事ここに至って、私はようやく我に返った。呪符を構える千尋さんの腕をとっさに掴む。

「ま、待って——千尋さん、やめてください！　鈴さんも滅多なことを言わないでください。そんな、人を……遠原さんを殺めただなんて……！」

「ごめんなさい、真琴さん。でも事実なのです。無理を承知でお願いします、どうか遠原さまのことは……もう忘れてください。そしてできれば……この子のことも」

「そんな勝手な言い分が通用するか！」

私の手を振りほどく勢いで、千尋さんが鈴さんに食ってかかる。しかし鈴さんはふわりと浮き上がるように一歩後ろに下がると、そのまま木漏れ日の影にすうっと溶けていく。

「この子が無事成長した時、いつか必ず報いを受けに参ります。ですから、もう、遠原さまをお捜しになるのは、諦めて……」

「鈴さん！」

鈴さんは悲しげに俯きながら、その姿を消した。

遠原邸の門前には、私と、そして肩で荒く息を吐いている千尋さんだけが残される。

「千尋、さん――」

千尋さんは悔しげに唇を噛み締めていたが、やがてやんわりと私の腕をほどいた。そしてゆっくりと門を開く。

「少し、一人にしてください……」

そう言って、千尋さんは先に母屋へと入っていった。私だけがいつまでも動けず、その場に立ち尽くしていた――。


家の中が、こんなに静かなのはいつぶりだろう。庭にも母屋にも、誰かしらあやかしがいて、その声が聞こえているはずなのに。

色々なことが起きすぎて、頭が混乱している。私はさっきから台所のスツールに座って、じっと自分の手元を見つめることしかできなかった。

――と、そこへ。

ふわっと優しい風が吹いた。台所の入り口の方を振り返ると、狭霧さんが立っていた。

「やぁ、真琴くん。急ぎの用事ってなんだい？」

「狭霧さん……」

余計なことかとは思ったが、いてもたってもいられず狭霧さんに来て欲しいと電話で頼ったのだ。私はいつもと変わらない狭霧さんの姿に、泣き出しそうになった。

「……何かあったようだね。よければ話してくれないかい？」

私は事のあらましをつかえつかえ、狭霧さんに話した。要領を得ないところも多いのに、狭霧さんは逐一頷いて、しっかり聞いてくれた。

「なるほど……まさか鬼女だったとはな。私ですら気づかなかったよ。きっと産前産後で霊力をほとんど子供に持って行かれていたんだろうな。僅かな霊力なら隠し通すことも無理じゃない。産女に対抗できなかったのもそのためか？」

狭霧さんはあごに指をあてて、思案していた。

「元は強力なあやかしかもしれないな。そういえば、名は確か……小林鈴といったかい？もしかすると鈴鹿御前《すずかごぜん》の血を引いているとか」

「すずかごぜん？」

「奈良時代から平安時代にかけて活躍した武官、坂上田村麻呂《さかのうえのたむらまろ》の妻とされる鬼女さ。数多の怪異を討伐し、神としても祀《まつ》られている。田村麻呂との間に『小りん』という娘を授かっていてね。『小林』と書くこともある。小林鈴とは名前に関連性が多い」

「そう、ですか。じゃあ鈴さんは、その、例えば、人を――」

「人を殺めることができるか、ということなら、造作もないだろう」

あっさりと首肯され、私は口を噤む。

やっぱり、そうなの……？　あの鈴さんが遠原さんを――。

「問題は、本当に遠原氏を殺めたのか？　ならどんないきさつがあって……？」

狭霧さんの口調はあくまでも冷静だった。そう、まだ分からないことが山ほどあるんだ。

「千尋は……書斎か。頭を冷やしている、といったところかな」

「はい。もう一時間も籠もりっきりです……」

「まったく初稿の〆切が近いっていうのにな。鬼女も余計なことをしてくれる」

狭霧さんは眉間にしわを寄せて、ぼやく。なるべく普段通りに振る舞ってくれる狭霧さんを見ていると、私も少し落ち着いてきた。

脳裏に思い浮かぶのは、鈴さんの姿だった。私とお茶をしてくれた時の、微笑んでいた表情。少し儚げで寂しそうな佇まい。それでも凛としている横顔。それはまるで涼やかに鳴る鈴の音のようだった。

「あの、私、やっぱりどうしても鈴さんが人に手をかけるような方には見えないんです」

「鬼女が嘘を吐いていると？」

「分かりません。でもたとえ、遠原さんを本当に殺めたとしても、何か理由があったんじゃないでしょうか？」

続けて、さっきの千尋さんの様子が目に浮かぶ。友人の死を告げられて、あまつさえ忘れてくださいと言われ、怒っていたし、それ以上にひどく混乱していた。

「それにこのままじゃ、千尋さんも納得できません。私、私……」

思い切ってスツールから立ち上がる。狭霧さんは私の表情を見て、大きく頷いた。

「うん、行ってきなさい。今の千尋が耳を貸すとしたら、きっと君の言葉だけだ、真琴くん」

「……はい！」

私は急ぎ足で台所を出た。階段を上って、千尋さんの書斎の前に辿り着く。

普段なら、襖の向こうからは静謐《せいひつ》な雰囲気が伝わってくる。千尋さんが集中して小説を書いているからだろう。キーボードを叩く優しい音、体をほぐすときの衣擦れの音――。

でも今日ばかりは違った。一切音がしない。代わりに近寄りがたい空気が、襖越しにも伝わってくる。気後れしそうになった私は首を振って、弱気の虫を払いのけた。

「――千尋さん、真琴です。入ってもいいですか……？」

意を決して声を掛けてから、しばらく。襖がゆっくりと開いた。

そこには俯きがちの千尋さんが立っていた。表情から怒りと哀しみと混乱が、ひしひしと伝わってくる。千尋さんは一歩足を引き、私を書斎に招き入れた。

「……どうぞ」

千尋さんの部屋は普段と変わらなかった。物が少なくて整然としている。文机の上にノートパソコンが開かれていた。しかしそこには真っ白な画面だけが映し出されていた。

「冷静になるために、仕事をしようとしたんですが……。やはりうまくいきませんでした」

「仕方ないです。あんなことがあっては……」

すると、千尋さんが私に向かって小さく頭を下げる。

「さっきはみっともないところを見せてしまって、すみませんでした」

「そんな……。私だって混乱しました。遠原さんの親友である千尋さんなら、狼狽えたって無理ないです」

千尋さんは答えず、じっと自らの足下を見つめていた。私はこれ以上なんと声をかけていいか迷い、結局は自分の思いを口にすることにした。

「鈴さんが言っていたことは、本当なんでしょうか」

「分かりません。ただ彼女が鬼であること、そして遠原は退魔士でもない、ただ見鬼の才を持つだけの人であることは確かです。――小林鈴は遠原を殺せます。いとも簡単に」

狭霧さんも同じことを言っていた。私は胸の上でぎゅっと手を握る。

今、胸の内にある言葉を口にすれば、千尋さんは怒るかもしれない。

けれど、たとえ千尋さんに失望されようと、このままでいいはずはないと思った。

「……千尋さん、もう一度、鈴さんに会って訳を聞きませんか？」

眼鏡の奥の瞳が静謐を携えて、私を見据えている。そこから感情は読み取れない。この言葉が正しいのか、五里霧中だったけれど、それでも私は続けた。

「本当に鈴さんが遠原さんを殺めたのか。まずそれを確かめる必要があると思うんです。私……どうしても鈴さんが人に危害を加えるようには見えなくて……」

「真琴さんはあの鬼女が遠原を殺してないと？　けれど、見たでしょう。あの血まみれの免許証を。あれは……間違いなく遠原のものでした」

千尋さんの表情が険しくなる。私は怒鳴り声を上げる前の叔父さんを思い出して、ぎくりと背筋を強ばらせた。

このままでは言い争いになってしまうかもしれない。人と仲違いするのは怖い。それが千尋さんならなおさら。

それでも、必死に口を動かし続ける。

「だからこそ……もっと鈴さんに詳しい話を聞かなきゃいけないと思うんです。だってこんなの……私も、千尋さんも納得できない……。だから、その――」

千尋さんの鋭い視線に耐えかねて、私はついに口を噤んでしまった。目尻に涙が浮かんで、肩が勝手に震え出す。

すると、はっと息を呑む音が聞こえ、冷たくなった肩を温かいぬくもりが包んだ。

「すみません、真琴さん。言い争うつもりはなかったんです」

「千尋さん……」

「どうやらまだ、冷静になりきれていなかったようです。申し訳ありません」

深々と頭を下げた後、千尋さんは続けた。

「確かに今のままでは分からないことが多すぎる。それに俺は信じたくないんです、あの遠原が……死んだなんて……」

そう力なく呟く千尋さんは、辛そうに眉根を寄せた。

いつも私を守ってくれた、支えてくれた、千尋さんが今はとても小さく見える。

そうだ、今度は。今は。

「真実を探しましょう。私、千尋さんをお支えします。だって——かりそめでもまやかしでも、私は千尋さんの伴侶です。千尋さんと同じ、この家の留守を預かる『家守』ですから」

眼鏡の向こうにある瞳が、大きく開かれる。

そしてほどなくして、

「——ええ、お願いします」

千尋さんはしっかりと、一つ頷いたのだった。


六月最後の太陽は西に傾き始めていた。見慣れた近所の光景が、うっすらと赤みを帯びている。私と千尋さんは小林邸に向かっているところだった。狭霧さんには留守をお願いしている。あまり大勢で押しかけると敵意があると勘違いされてしまうかもしれない、という千尋さんと狭霧さんの提案だった。

千尋さんは退魔士装束に着替えている。私はその姿を見て、ぎくりとしたけれど、千尋さんは「念のためです」と言い含めた。

坂を登り切った、さらにその先。小さな階段を上がると、古い民家が見えてくる。私たちは少なからず緊張を孕《はら》んだまま、小林邸の玄関へと辿り着いた。

私は前に進み出て、インターホンのボタンを押した。呼び鈴は鳴ったが、返事はない。二度目も同じだった。

「やっぱり、もうここには帰ってないのでしょうか……」

予想できたことではあった。遠原さんを殺めた、とわざわざ告白してきた鈴さんが、この家にとどまるのは危険だ。むしろ赤ちゃんが生まれて、とどまる必要がなくなったからこそ、私たちに遠原さんのことを打ち明けたのかもしれない。

「そうですね。ただいかにあやかしといえど、出産直後、しかも赤子を抱えて、そう遠くへはいけないはずです。すると……」

千尋さんが仰いだのは小林邸を囲む雑木林、そして奥に連なる鎌倉山の尾根だった。

「鈴さんは山に入ったのでしょうか……?」

「ええ、その可能性はあると思います」

千尋さんはあごに指をあてがって、考え込む。

「ただ狭霧さんの力で大規模に捜索すると、逆に知られる恐れがあります。そのたびに逃げ回られたらいたちごっこです。つまり、ここからは――」

「――自分の足で捜すしかあらへんなぁ」

突然、割り入った声に、私たちは驚いて振り返った。

林の暗がりから、黒いコートの男性が出てきた。私は見覚えのある顔に、声を上げる。

「あっ、あなたは……!」

「こんにちは、真琴ちゃん。ほたるまつり以来やなぁ」

久遠玲二さんは、すうっと目を細める。その視線は私から外れて千尋さんに向いていた。

「お久しゅう、英千尋さん。っつっても、覚えとらんかぁ。五年前、御三家の総会で一度同席したっきりやもんなぁ」

千尋さんは予期せぬ闖入者を見て、怪訝げに眉を寄せた。

「あなたは……退魔士か？」

「せや、久遠玲二っちゅうもんや。以後お見知りおきを、ってな。いや、英本家の直系と分家筋の馬骨じゃ、釣り合わんか？」

沈黙を守る千尋さんに、玲二さんはなおも続ける。

「でもちょうどええやん。あんたも英のつまはじきもんや。お互い仲良くしようや、なぁ？」

千尋さんは眉をひそめたまま、ちらりと私に耳打ちした。

「真琴さん、この退魔士を知っているんですか？」

「はい……。何度かお会いしたことは。あの、ほたるまつりの時に、メモを渡されて……」

それを聞くなり、千尋さんはますます眉間にしわを寄せた。

「……ほたるまつりの時、真琴さんに連絡先を渡したのはあなたか。なんのために？」

警戒心を露わに、千尋さんが尋ねる。玲二さんは三日月のように目を細めた。

「決まってるやん。あんたとの結婚、その裏にあった真実を教えたるためや」

「……っ！」

千尋さんが肩をぴくりと震わせた。それを見て玲二さんは上機嫌な笑みを浮かべる。

結婚の……真実？　どういうこと……？

玲二さんは今度は私に向き直り、滔々《とうとう》と言い聞かせた。

「ええか？　——君はお姫さんなんや。正確に言うと母方の血筋の生き残りや」

話が突然、思いも寄らぬ方向に逸れて、私は怪訝に眉を顰める。

「は、母の……？」

「せや。君のお母さんは見鬼の才を持っとったやろ？　旧姓の『九慈川《くじかわ》』はオレらの世界じゃ、御三家呼ばれとってな。ま、平たく言えばすごい退魔士の家系やったちゅーことや」

母は私と同じ、あやかしが視える力を持っていた。父にはなかったから、母からの遺伝であることは確かだ。けど……。

「けど、そんなこと、母は、一言も——」

「当たり前や、君のお父さんとは駆け落ちやもん。言えるわけあらへん」

駆け落ち。叔父さんが幼い私に、両親のことをそう言っていたことを思い出す。

「元々、九慈川家は衰えていた。子孫が君のお母さん一人やった上に、昨年、九慈川家最後の当主が死んだ。まっとうな後継者は——今や君だけや」

「で、でも、私だって、あやかしが視えるくらいしか……」

「あやかし？　それって妖魔のことか？　なんやけったいな呼び方やけど、まぁ、ええわ」

気を取り直したように玲二さんは話を続ける。

「君に見鬼の才があるっちゅーことは、十分素質を持ってるっちゅーことや。そしてその子供は確実に力を持っとる。特に旦那が退魔士ともなればなおさらや」

「え……？」

話の流れに、ふと嫌な予感が頭を駆け巡る。千尋さんが歯噛みして何も言わないのに、玲二さんはにやりと唇で弧を描いた。

「御三家のうちのもう一つ、それが東京葛飾《とうきょうかつしか》の英家や。本家とは疎遠にこそなっているものの、そこの千尋サンは現当主の直系、五番目の孫や」

千尋さんの背中は尚も黙して語らない。玲二さんは意に介することなく続けた。

「英家は君の所在を突き止めた。九慈川の血が欲しい英家は、君を引き取った叔父に話をつけたんや。――『金ならいくらでも積むから、この娘を嫁にくれないか』と」

どくん、と心臓が嫌な音を立てた。

冷たい血液が体を巡る。

どうして最後に、叔父さんはお見合いの場を用意してくれたのか。

ささやかな疑問に私は、なけなしの同情心だと勝手に答えを与えていた。

けれど、それは――

「――要するに君は金で売られたんや。叔父から、英千尋へ」

指先から体温が下がって、全身が凍り付いていくのを感じる。

私。私は……。

「真琴ちゃん、悪いことは言わん。オレと一緒に来ぃひん？　久遠は九慈川の分家や、うちで保護すんのが筋ってもんや」

隣にいる千尋さんは何も言わない。私も声をかける勇気はなかった。

それがきっと——答えだった。玲二さんの言っていることは、真実なんだ。

震える体を止められない。

そこへ——りん、と涼やかな音が響いた。

私は、はっと息を呑んだ。スカートのポケットの中に、急いで入れてきたスマホが入っている。そこには千尋さんのくれた『ひかり御守』をストラップとして付けていた。

お祭りの夜の出来事が甦る。

それだけじゃない。今まで千尋さんと過ごしてきた日々が、頭の中を駆け抜けていく。

たとえ、裏で何があったとしても。

私は——千尋さんを信じたい。

私にあたたかい場所をくれた、千尋さんを信じたい。

何も自分で決められなかった、私でも。

これだけは決してもう間違うまいと、強く思った。

「どや、真琴ちゃん？　なんならオレと結婚する？　なんて——」

「……とわり、します」

「は？」

「お――お断り、します！」

じっと結んでいた口を、私はようやく開いた。

さっきから、お腹の底がじりじりと焼け焦げていくような感覚が消えない。

もしかしたら今、私は――怒っているのかもしれなかった。

「だ、黙って聞いていれば、な、なんですかっ……！　確かに叔父さんは……お金をもらって私をお見合いさせたのかもしれません。け、けど、千尋さんは、そんなことをよしとする人じゃないです。わ、私、千尋さんを信じてますからっ……！」

ほとんど叫ぶように言い終えた後は、心臓が破裂しそうなくらい脈を打って収まらなかった。はぁはぁと荒く息をつく私を、千尋さんは肩越しに振り返った。

「真琴、さん……」

「あらら、振られてしもうたわ。信じてます、やって。イケメンはお得やなぁ、千尋サン？」

玲二さんは急に私たちへの興味を失ったように、今度は小林邸を振り返った。そこに何の気配もないことが分かったのだろう、ぶっきらぼうに呟く。

「やっぱここにはおらへんか。しっかしこんな近くにいたとはなぁ。灯台もと暗し、ってか」

私はその言い方に違和感を覚えた。これではまるで……。

「小林鈴を追っているのか？」

先ほどのやりとりがあったからだろう、ややとげのある口調で千尋さんが問いただす。玲二さんはこともなげに頷いた。

「せや。ずっとオレが追っとる」

「……彼女は退魔士に狙われるようなことを？」

「白々しいなぁ、もう知っとるんやろ？　あの鬼女は人を一人殺してる。遠原幸壱——そう、あんたの親友や。オレはあんたのお友達の仇を討ったろうとしてんねんで？」

玲二さんのその言葉に、私はぎくりとする。目の前の千尋さんの拳が強く握られた。

そんな。やっぱり……鈴さんは、遠原さんを……？

「さぁーて、さすがに時間を使いすぎたわ。お仕事はきっちりせんとな。オレは人殺しの鬼女を捜して回るわ。ほなな、真琴ちゃん。心変わり待ってるで」

最後、そう言って私に笑いかけると、玲二さんは再び雑木林の中へと姿を消した。

私は、黙り込んでいる千尋さんに恐る恐る言う。

「千尋さん……急がないと、玲二さんに鈴さんが——」

千尋さんはすぐには答えない。退魔士である玲二さんが鈴さんを追っている、それはすなわち、鈴さんが遠原さんを殺めたという話に、真実味が増してしまったことを意味する。

今度こそ、千尋さんは鈴さんを完全に敵視してしまうかもしれない。

しかし――

「少し、きな臭いですね」

千尋さんは意外にも、冷静な口調で呟いた。

「小林鈴は本来、相当強力なあやかしのはずです。それを分家筋の退魔士が一人で追うというのは、戦力的に合わない。おそらく返り討ちが関の山でしょう」

「じゃあ、他にも仲間の方がいるとか……？」

「退魔士が大勢で動くとなれば、さすがに俺の耳にも入ってきます。ほとんど英の家を出奔した身であっても――」

英の名前を出してから、千尋さんはふと口ごもった。

「その……すみませんでした、真琴さん。見合いのこと、俺は」

「……いいんです、千尋さん」

私はすぐさま首を振る。

「私、ちゃんと待ちます。千尋さんが話してくれるまで」

「真琴さん……」

「それより今は鈴さんを捜しましょう。玲二さんよりも先に……！」

千尋さんは愁眉《しゅうび》を開き、頷いた。

「はい。とりあえず、俺たちも山に分け入って……」

そこへ「にゃあん」と聞き覚えのある鳴き声が響いた。見ると、小林邸の庭からたまちゃんが出てきた。柵の間を器用に通り抜け、私たちの足下で立ち止まる。

「たまちゃん……！　今までどこに行ってたの？」

再会できたことが嬉しくて、私は思わずたまちゃんを抱き上げた。いつもならごろごろと喉を鳴らしてくれるたまちゃんだったが、今は私の腕をするりと抜け出してしまう。

なぁ、なぁん、とたまちゃんは何度も鳴いた。そして雑木林とは反対側、階段を降りて行ってしまう。極楽寺の住宅街へ戻る方向だ。

「たまちゃん？」

愛らしい猫の顔が肩越しに振り返る。たまちゃんはもう一度「なぁぁん」と高く鳴いた。

私と千尋さんは思わず顔を見合わせる。

「ついてこい、と言っているみたいですね」

「はい……私もそうだと思いますっ」

たまちゃんは勘が鋭い。今までも大事な場面で私たちを導いてくれたことがあった。

玲二さんに先を越されないためには。

――たまちゃんを信じるしかない。

「行きましょう、千尋さん！」

千尋さんが大きく頷くのを見て、私は急いで階段を降りていった。

鎌倉の市街地は山に抱かれている。かくいう極楽寺の住宅地も山と隣り合っていた。

私と千尋さんはたまちゃんに導かれ、遠原邸や小林邸がある道より、一つ奥の住宅地の道から、竹藪へと分け入った。

やがて木々が密集する山中へと入る。昼間だというのに、森に阻まれて周囲は薄暗い。湿った土の匂いが足下からせり上がってきて、どこか違う世界のように感じられた。

たまちゃんは木の根や大きい岩を避けながら、ひょいひょいと山を登っていく。千尋さんの足取りもまた軽い。私は千尋さんに手を貸してもらいながら、なんとかついていく。

「大丈夫ですか、真琴さん」

「はいっ……。千尋さんは山道に慣れていらっしゃるんですか？」

「ええ、退魔士は山に入って修行をしますから。修験者ほど厳しくはありませんが……。だから勝手知ったる風に道なき山を進んでいけるんだ。私は息を切らしながら、差し出された千尋さんの手を強く握った。

「すみません、真琴さん。危険ですし、本当は帰ってもらった方がいいんでしょうが……」

「分かっています、私がいた方が鈴さんも話しやすいと思います。それに私自身もじっとなんかしていられません」

岩に足をかけて、なんとか登る。千尋さんはじっと私に向けて、やんわりと目を細めた。

「……ありがとうございます。とても頼もしいです。さ、ここからはもっと険しくなります、俺の手を放さないように」

「は、はい」

ほたるまつりの時とは違う、熱く、じっとりと汗ばんだ手が――千尋さんの焦燥を如実に伝えてくる。早く鈴さんの下へ行かなきゃ。私は土を踏み締める足に力を入れた。

たまちゃんのゆらゆらと揺れる尻尾を追いかけて、どれほど経っただろう。

不意に山道が開け、ぽつんと一軒の山小屋が建っているのが見えた。相当古そうなものだけど、プレハブなどではなくしっかりとした木造のため、小さいながらも立派に見える。

千尋さんが怪訝そうに呟いた。

「あれは……山の管理小屋でしょうか」

立ち止まった私たちを尻目に、たまちゃんは山小屋に近づくと、壁に空いた僅かな隙間からするりと中へ入っていった。私たちは顔を見合わせ、急いで山小屋の扉に近づく。

「中に気配があります」

千尋さんがドアの取っ手を握ると同時に、中からか弱い赤ん坊の泣き声が聞こえてきた。

千尋さんは押し入るようにドアを開ける。

そこには――。

「……どうして、ここが……」

薄暗い山小屋の中――雑多な道具が置かれている棚の横で、鈴さんが赤ちゃんを抱いて、座り込んでいた。

千尋さんはじっと押し黙っていた。私も小屋の中に入って、後ろ手にドアを閉める。どうやら玲二さんより先んじたようで、安心した。

「鈴さん、あなたを追いかけてきました。そこのたまちゃん……猫又が私たちを導いてくれたんです」

「この子が？」

「はい。勘の鋭い、ちょっと不思議な子なんです」

体を強張らせている鈴さんをなだめるように、たまちゃんが彼女の傍に寄り添う。そのぬくもりに鈴さんは、少しだけ緊張を解いたようだった。

「そう、でしたか。うまくは逃げられないものですね……」

諦めたようにそう言う鈴さんに、動く様子はない。私は慎重に鈴さんへ歩み寄った。そして片膝をつき、鈴さんと視線を合わせる。

「教えてください。どうして……遠原さんを殺めた、なんておっしゃったんですか？」

鈴さんはしばし目を伏せていた。そして意を決したように言う。

「――ここです」

「え？」

「ここで、私はあの方を……」

そこから先は涙に震えて、言葉にならなかった。

「殺したのですか」

背後で千尋さんが殺気立つのを感じる。そしてその怒りを千尋さん自身が、必死に収めようとしているのも。

私は胸の辺りで、ぎゅっと手を握った。

「鈴さんは理由もなく、そんなことをする方じゃありません。訳を聞かせてください」

「人間に……なにが分かるというの」

私は目を丸くした。それは初めて聞く鈴さんの恨みがましい声だった。

「私はあなたがたの言う、妖魔です。怪異です。人を呪い、殺めた例など、多々あるでしょう。私たちとはそういうもの。少なくとも人はそう決めつけている、違いますか？」

黒目がちの双眸には、薄い涙の膜が張っていた。

思わず、言葉が喉に詰まる。鈴さんの怒りや哀しみがひしひしと伝わってきたから。

けれど――

同時に、私の脳裏には遠原邸にやってきてからの日々が甦った。

遠原邸に訪れ、留まり、憩う――ふしぎな客人たち。

「……私が見たあやかしは違います」

ゆるゆると首を振りながら、私は続ける。

「私や千尋さんは、あなた方を妖魔や怪異ではなく、あやかしと呼びます。あやかしは少し不思議で変わっているけれど……人の隣を歩いていける存在です。決して長くはない時間ですが、彼らと過ごしてそう思ったんです。そして私自身もあやかしに寄り添っていけたらって。……遠原さんがそうしたように」

遠原さんの名前を聞いて、鈴さんの肩がぴくりと震える。

「だから……あなたにも寄り添わせてください、鈴さん」

鈴さんは唇を噛み締めたかと思うと、白い頬に一筋の涙を流した。

「同じ……ことを言うんですね、あの方と――」

「それは……」

「はい、遠原さまです」

千尋さんがその名を聞いて、私の隣まで来た。そして私と同じように膝をついて、鈴さんの表情を覗き込む。

「聞かせてください。遠原との間になにがあったのです？」

鈴さんは唇を薄く開いて、細く長い息をついた。

「私は、ずっと一人の退魔士に追われています」

「何か悪さをしたのですか」

「いいえ、誓って何もしておりません」

「では何故、退魔士に狙われるのです？」

「理由は分かりません。けれど、今までもそういったことはありました。調伏すれば手柄を上げられるのだそうです。私は、鈴鹿御前の血を引く……あやかし、ですから」

「嘘……そんなことで鈴さんを？」

絶句する私に、千尋さんが言い添える。

「残念ながら、一部の退魔士はそういった考えを持っています。猟師がより大きな獲物を狙うのと同じように、あやかしを自らの名声のために狩るのです」

千尋さんが若干、口ごもりながら言った。……そんな。そんなことって。

鈴さんは眉を寄せ、微動だにしない。とっくに諦めている、そんな様子だった。

「私の両親は人を慈しむあやかしでした。私も同じ考えです。いくら狙われているからといって、人に手出しはできない。それこそ――ただの悪鬼に成り下がってしまう」

「そこに付け入られたのですね」

「ええ。私は京都《きょうと》から遠く、鎌倉まで逃げてきました。けれど退魔士に背中を撃たれて、極楽寺付近で力尽きました。そこを助けてくださったのが――遠原さまです」

「遠原が……」

「私は運が良かったのでしょう。遠原さまは自宅に私を連れて帰り、介抱してくださいました。人に命を狙われて、敵意むき出しの私にも辛抱強く向き合ってくださり――真琴さん、さっきのあなたと似たようなことをおっしゃいました」

胸が強く締め付けられる。遠原さんに会ったことのない私にも、その様子は簡単に想像できた。

「あのお家の下にある龍穴のおかげで、私の傷は順調に治りました。これ以上迷惑をかけてはいけないとお暇しようとした私を引き留めて、遠原さまは私に居場所をくださいました。居心地が良かった……。ずっとこんな時間が続けばと思うほどに」

その頃のことを思い出したのだろうか、鈴さんの目尻からまた一筋涙が零れる。

「それがいけなかったのです。いかに龍穴の潤沢な霊力の裏に隠れていても、退魔士の目から逃れることはできなかった。――私はある夜、件《くだん》の退魔士からの襲撃を受けました。遠原さまは私と一緒に逃げてくださったのです。けれど、退魔士はしつこく追ってきました」

「その退魔士は遠原が……人がいるにもかかわらず、あなたに仇為したのですか？」

「……ええ。最初は遠原さまも退魔士を説得しようとしてくださいました。けれどその退魔士は聞く耳を持たず、それどころか妖魔に手を貸す者は同類だと言って――」

千尋さんの奥歯がぎり、と音を立てた。

「退魔士は人の守護者です。そんな輩は退魔士の風上にもおけない」

「あなたはそうなのでしょう。けれどその者は違いました。そういう男だったのです」

鈴さんの怒りを感じ取ってか、腕の中の赤ちゃんが泣き声を上げる。赤ちゃんをあやしながら、鈴さんは続けた。

「私たちは山中に逃げ込みました。そして辿り着いたのが、ここです」

私は思わず部屋の中を見回す。

「ここって……この、山小屋ですか？」

「はい。ここに着いた時はすでに、私は何度も傷を負わされていました。遠原さまにお怪我がなかったのは幸いでしたが……。ただ、もう私は疲れ果ててしまっていました。それになによりこのままではいずれ、遠原さままで。そんなことになるなら、と私は――」

――鈴さんは、静かに泣いていたという。

月のない夜。暗い山小屋の中、遠原さんの手のぬくもりだけが、鈴さんの頼りだった。

『手を……お離しください、遠原さま』

自分からはどうしても振り払えず、鈴さんは懇願したらしい。

『鈴は……幸せでした。長らく追われる身でありながら、最後にあなたと出会えたこと。あなたと過ごした時間を、決して忘れることはないでしょう』

人の夜目では見えないと分かっていながら、鈴さんは必死に微笑む。

『あなたをお慕い申し上げております、遠原さま。いつの世か、私が人として生まれ変わったのならば、その時は――』

次の瞬間、鈴さんは遠原さんの腕の中にいた。強く引き寄せられ、間近に感じた体温を、今でも鈴さんは覚えているという。

『遠原、さま……』

『困りました』

遠原さんはいつもの穏やかな口調で続けた。

『……遠原家は代々、あの家を守り、あやかしの隣に寄り添った。だからこそ家に集うあやかしは平等に扱わなければと教わった。しかし――』

柔らかい苦笑が鈴さんの耳のすぐそばで響いた。

『困りました、俺は今、貴女をどうしてもはなしたくないのです』

『……っ、それは……』

遠原さんが愛おしそうに鈴さんの手を、自分の頬に寄せる。

『――時に。強力な鬼は傷つけるだけで人を喰らえるのだと聞きました。本当ですか？』

『――え？』

そうして、鈴さんの爪を自らの首に刺したのだ。

ずずっとそこから遠原さんの生気が自分に流れ込んでくるのを、鈴さんは感じた。

『遠原……さま……！　だ、だめです、やめて、いやっ――！』

『心配は無用です。こんなこともあろうかと、あの家はすでに友人に託してあります』

『そんな、そんなことよりっ、いけない、すぐに放して――いや、いやぁ！』

『鈴さん』

暗がりの中、遠原さんの穏やかな笑みだけが浮かび上がる。

『――生きてください。きっと、生きて』

そうして鈴さんの目の前は、目映いばかりの光に包まれ――

「気がつけば、私は小屋の中で倒れていました。体は快復していて……遠原さまの姿はどこにもなかった。唯一、血に濡れたあの免許証だけが落ちていました」

鈴さんは頬をしとどに濡らしながらも、気丈に続ける。

「すぐにでも後を追おうと思いました。人を殺めてしまった鬼……そう、私は鬼女に成り果てたのだと。けれど――」

鈴さんはおくるみの中の赤ちゃんを、ゆっくりと抱きしめた。

「なんの因果かお腹の中には、この子がいた。食らった人の子を宿す鬼がいることは知っていました。その人と心が通じた時、稀に起きる『奇跡』だと。まさか自分の身にこんなことが起きるなんて思いもよらなかった……」

「では……その子は、あなたと遠原の……!?」

愕然と呟く千尋さんに、鈴さんは小さく頷いた。

「もう一度、念を押された気がしました。『生きてください』と、あの方に――」

細い指が、目尻の涙を拭う。

「申し訳ありません。私はみすみす遠原さまを殺めておきながら、どうしても死ねなかったのです。この子がいる以上は、絶対に」

――重苦しい空気が、山小屋の中を支配した。

真実が、こんなにも残酷だなんて……。

「鈴さん……遠原さん……」

気がつけば、私の頬にも熱い涙が流れていた。しゃくりあげる私の肩に、ぬくもりが添えられる。千尋さんの手だった。

「あなたを付け狙う退魔士は、もしや――久遠玲二という男ですか?」

「え、ええ。一度だけ、そう名乗ったことがありましたが……ご存知なのですか？」

「ここに来る前、あなたの家に来ていました。人を……遠原を殺した罪で鬼女を討伐すると言って。しかし、本来は順序が逆のようですね。久遠玲二があなたを狙ったから、あなたは遠原の命を奪ってしまった」

「信じて……くださるのですか……？」

千尋さんは鈴さんに身を寄せた。正しくはその腕に抱かれている、赤ちゃんに。

「……よく見ると、あいつの面影があります。特に目元の垂れ具合がそっくりです」

はっとして鈴さんが伏せがちだった顔を上げる。千尋さんは一つ頷いてみせた。

「鈴さん、俺からもお願いします。生きてください、あなたのために命をなげうった、遠原のためにも」

鈴さんの眦《まなじり》から、また新しい涙が零れる。鈴さんは声もなく泣きながら、何度も頷いた。

……ああ、良かった。これで千尋さんと鈴さんが、もう対立することはない。

あとは――。

玲二さんの不敵な笑みが脳裏に浮かんだ瞬間、山小屋ががたんと大きく揺れた。よろけた私は、思わず千尋さんの肩に取り縋る。

「じ、地震……!?」

「いえ――。ここは危険です。裏口から外へ！」

千尋さんが鋭く叫び、簡素な裏口のドアを開け、まず私を外へ連れ出す。それから一度小屋に戻って、鈴さんを助け出した。

鈴さんは赤ちゃんを抱きかかえるようにして、山小屋から出てきた。

「まさか、あの退魔士が……」

「――正解や、鈴ちゃん。久しぶりやな」

はっとして声のした頭上を見上げる。山小屋の前にロングコートの人影がいた。長い腕が鈴さんに向かって振り上げられる。私はとっさに鈴さんと赤ちゃんの前に立ちはだかった。

「鈴さん……！」

「真琴さん、危ない！」

千尋さんの焦燥した声が、私と玲二さんの間に割って入った。刹那、目の前で灼熱《しゃくねつ》の業火が燃え上がる。真っ赤な火に顔を照らされながら、それでも私や鈴さんが無事だったのは、千尋さんが呪符で見えざる障壁を張ってくれたおかげだった。

「チッ、さすがいい勘しとるわ」

「何を考えているんだ、お前は。人畜無害なあやかしのみならず、人まで害する気か」

千尋さんは私と鈴さんを背後に庇う。玲二さんは薄ら笑いを顔に貼り付けた。

「いやいや、オレが真琴ちゃんを襲うなんて、そんなわけあらへんやん」

「嘘だ、お前は真琴さんごと鈴さんを傷つけようとした。そして遠原も巻き込んだんだ！」

怒りのこもった千尋さんの口調に、玲二さんはひょいと肩を竦める。

「それは不可抗力やねんて。第一、あの男を喰らったのは、そこの鬼女やんか」

私の後ろで、鈴さんがびくりと体を強張らせる。さすがに私も黙っていられなかった。

「あ、あなたが鈴さんをむやみに襲わなければ良かったんです。それを……ひどい……！」

「誤解やて、真琴ちゃん。君にだけはそんな風に思うて欲しくないなぁ」

玲二さんがゆっくり距離を詰めてくるのに、千尋さんと共にじりじりと後ずさる。

「それに実は、もう別にその鬼女のことは諦めてもええ思てんねん」

「え……？」

「その代わり、真琴ちゃん、ほんまにオレと結婚してくれへん？」

何を――言っているんだろう、この人は。しかし玲二さんは意外にも真剣そのものだった。

「君を見つけたって久遠の家に連絡したら、こうして縁もあったことやし、オレの嫁さんにする話まで出たんや。さっきは冗談半分やってんけどな、どうやら実現しそうで嬉しいわ」

「何を……言って。わ、私は千尋さんの……！」

「ただの契約結婚やろ？　それに籍を入れてないことは確認済みや」

「えっ――？」

驚いて私は千尋さんの背を見つめる。千尋さんは振り向かないまま、口ごもった。

「……すみません。一時的な結婚で、戸籍に傷をつけては……と」

じゃあ……私はずっと『七瀬』のままだったんだ。

急に、ぐらりと足下が揺れるのを感じた。

「真琴ちゃんがオレと結婚するいうなら、その鬼女は諦める。今後も絶対手出しせえへん」

玲二さんの言葉が、頭の上を素通りする。

久遠家とか九慈川家とか。自分の知らないところで自分の処遇が決められていく。

それは叔父さんの家に引き取られた時の、抗いようのない渦に巻き込まれていくような、無力感を思い起こさせた。

「鈴ちゃんと赤ん坊を助けたいんやろ？　悪い話やないと思うけどな」

私はそっと肩越しに後ろを振り返った。そこには玲二さんを目の前にして、戦慄している鈴さんと、今にも泣き出しそうな赤ちゃんがいる。

私が身を差し出せば――二人は助かる？

私は再び前を向いた。そこには無言を貫く千尋さんの背中がある。

「千尋、さん……」

言葉が欲しくて呼びかける。すると千尋さんは静かに言った。

「真琴さん。前にも言った通り、あなたの人生はあなたのもの。選択するのはあなたです」

我知らず、私は深く俯いた。自分の足下に視線を落とす。

ずっと――選ぶ権利なんてなかった。この足の向かう先は、いつも縛られていたから。

私は千尋さんに導いて欲しかったのかもしれない。

引き留めて――欲しかったのかもしれない。

でも、千尋さんはそうはしてくれなかった。

私。私は――。

「――ただ」

千尋さんの声が続くのに、私は我に返る。

「あなたがこの男との結婚を望まないのなら、俺は全力で支えます。抗って、戦って、勝ってみせる」

「千尋、さ……」

「――だから、大丈夫。あなたはあなたの道を選んでください」

途端、深い森の景色が一気に開けたような気がした。

足下にいくつもの道が広がって、どこへでも行けるような不思議な感覚が全身を巡る。

じわり、と目の奥が熱くなった。

そうだ。そうだった。千尋さんはいつだって、私を見守ってくれた。

私に、私のいきたいようにさせてくれた。

瞼を固く瞑る。そうしてもう一度、目を開いたとき、迷いはなくなっていた。

「玲二さん。私、あなたの話をお受けすることはできません」

「ふぅん」

すると、玲二さんは狐のように目を細めて、その視線を今度は千尋さんに移した。

「戦うとか抗うとか言うてたけど……やる気なんか、千尋サン？　退魔士同士の戦いなんて、手合わせ以外は御法度やろ」

「どの口が物を言っている。遠原を……人を巻き込んでおいて」

千尋さんは懐から呪符を取り出した。玲二さんはますます目を眇める。

「これ以上の話はいらんと。なるほどな。ならこっちも——全力で相手したらな、なぁ！」

玲二さんの指が、立ったり畳んだりと複雑な動きをする。それも見えないほど素早く。

「ノウマク・サンマンダバザラダン・カン！」

瞬間、千尋さんに向かって、強風が吹き付けた。千尋さんは対抗するように呪符を空中へ均等に浮かべた。そうして片足を振り上げ、足裏を強く地面に叩きつける。

「——オン！」

千尋さんの浮かべた呪符が、玲二さんの生み出した風によって、ばらばらに切り裂かれた。私の目にはピアノ線のような細い糸が網目状に重なって見えた。それが本当なら千尋さんは無事じゃ済まないけれど、代わりに呪符が守ってくれたようだった。

「ったく、金縛りで済ましたろう思うてたんに」

術が破られるのを予見していたかのように、玲二さんは地面の土を蹴った。今度は千尋さんの側面に回り込み、何かを投げつける。それは一枚の紙片だった。薄い和紙で出来ているとは思えないほど、空気を切り裂くように千尋さんへと殺到する。

紙片は途中で光り輝き、大きな白い虎に化けた。鋭い眼光で千尋さんを睨み、口を開けて、太い牙と尖った爪を千尋さんに向ける。

「千尋さん！」

その迫力に私は思わず悲鳴を上げた。このままでは千尋さんが、虎に食い散らかされてしまうのではないかと思った。しかし、

「まがい物の白虎の式、それも形代《かたしろ》がないと喚べない、か」

軽く呟くと、千尋さんは素早く身を屈めた。今まさに飛びかかってきた虎の腹の下に潜り込み、掌底を叩き込む。

「臨《りん》・兵《ぴょう》・闘《とう》・者《しゃ》・皆《かい》・陣《じん》・烈《れつ》・在《ざい》・前《ぜん》！」

虎に押しつぶされる直前、千尋さんの声が迸った。虎はばしゅっと蒸発するような音を立てて、煙となってかき消える。

「チッ――」

玲二さんの舌打ちが響く。その間にも千尋さんは前後の足を素早く入れ替え、反対の手の平を突き出す。さながら空手の演武を見ているような光景だった。

「一二三四五六七八九十《ひふみよいむなやここのたり》、布瑠部由良由良止布瑠部《ふるべゆらゆらとふるべ》」

淀みない口調に聞き入っていると、いつのまにか千尋さんが突き出した手に、古そうな剣が握られていた。日本刀とはまた違う、刃のない短剣だ。

「――由良由良」

千尋さんはその剣を握り、素早い動きで玲二さんに肉薄した。玲二さんは珍しく焦燥した表情を浮かべ、後ずさってかわしたけれど、千尋さんはその動きも読んでいたかのように、

さらに大きく踏み込んで、剣を突き出した。

「ぐうっ――！」

玲二さんの右肩に剣の切っ先が吸い込まれた。まさか千尋さんが人を傷つけるとは思わず、私は短く息を呑む。しかし血は出ておらず、玲二さんの肩が傷ついた様子はない。

千尋さんと玲二さんはしばしの間、睨み合った。

「……八握劔《やつかのつるぎ》、まさか本物ちゃうよな……？」

「本物だ、英家が管理しているのは知ってるだろう。勝手に使って、本家にどやされるかもしれないが。それよりも――」

千尋さんは眼鏡の奥で、眼光鋭く玲二さんを見据える。

「随分、苦しそうだな。たとえ人が八握劔に貫かれてもこうはならない。人であれば」

玲二さんの横顔がむきだしの憎悪に染まる。千尋さんは意に介さず続けた。

「――その半身、何で出来てる？」

「ッ、おおおおお！」

玲二さんは雄叫《おたけ》びを上げ、力任せに剣――八握劔を引き抜いた。そして千尋さんを突き飛ばし、自らも後方に飛んで距離を取る。

私はその姿を見て、思わず声を上げた。

「え……？」

玲二さんの黒いロングコートの半分が、焼けただれている。中のシャツも焦げていて、そこから覗く肌は、てらてらと赤黒い色に染まっていた。

「英……千尋ォォォ……！」

よく見ると、千尋さんを睨む右目はルビーのように赤く輝いている。憎々しげにむきだされた歯はそのどれもが鋭く尖っていた。

極めつけは額の真ん中から生えた——角だ。

「鬼……」

後ろで、鈴さんが呆然と呟く。

確かにその姿は鬼だった。鈴さんと同じ。しかしどこかいびつに見える。牙はどれも不揃いだし、角はところどころ欠けていて、鈴さんが見せた立派な角とは比べるべくもない。

まるで鬼にも人にもなりきれていないような——。

「……半妖か」

千尋さんは体勢を立て直しながら、どこかやりきれない口調で呟いた。

「黙れッ！」

その指摘に、玲二さんはまるで堰《せき》を切ったように喚《わめ》き散らす。

「卑怯者のおのれに何が分かる、英千尋！　御三家の本家に生まれておきながら！　十種《とくさの》神宝《かんだから》を使いこなすほど、退魔士の才に恵まれておきながら！　あっさりとその地位を捨てやがって！　分かるものかよ、悪鬼と蔑まれ、退魔士としても半端で、どこにも居場所がないオレの気持ちが！」

　ひび割れた声が、玲二さんの苦しみを生々しく物語る。

「真琴さえ手に入れれば、オレもそれなりの地位を築けるはず……。なのにそれすら持って行くのか、お前が！」

　かっと見開いた赤眼が、千尋さんを捉える。

「どうしてこんなにも違う！　同じだろうがッ、オレと同じ――」

　玲二さんの目が血走る。


「人にも魔にもなりきれない、半端者でありながらッ！」


　一瞬だけ、森が静まり返った。

　騒がしかった風が止み、耳に痛いほどの静寂が辺りを包む。

　今……。玲二さんはなんて言った？

「千尋さんが……同じ……？」

　千尋さんは何も答えなかった。黒い山の地面を見つめ、じっと目を伏せている。なんの反応も返ってこないことに、苛立《いらだ》ったのだろうか、私の疑問に応じたのは玲二さんだった。

「ああ、そうや。こいつも半妖。人やない。――今、証明したるわ！」

　玲二さんが足で山の土を蹴った。今までとは比べものにならないほど、素早い動作で、千尋さんとの彼我の距離を詰める。千尋さんがはっと気づいた頃には、すでにその鼻先にまで、玲二さんの赤黒い拳が迫っていた。

「どぅら！」

「っ――！」

玲二さんが咆哮《ほうこう》を上げる。千尋さんは間一髪、玲二さんの拳を手でいなしたけれど、その力はすさまじく、黒い手甲が一瞬にして弾け飛んだ。そしてかすっただけの頬には、一条の赤い筋が走っている。

私は背筋に冷たいものが伝うのを感じ、思わず二人に駆け寄ろうとする。

「や、めて――やめてください……！」

「駄目だ、下がって！」

千尋さんの鋭い叫びに、足が竦んで動けなくなる。

その間も二人の攻防は続く。半鬼になってからの玲二さんの動きはすさまじく、千尋さんは防戦一方だった。千尋さんの頬に汗が伝っては、山の冷たい空気の中に散っていく。

「オラオラ、どうした、さっきまでの威勢は！　俺を妖魔として調伏するか！　できへんよなぁ、お人好しのあんたには。それなら――奥の手を使わなあかんのとちゃうか!?」

千尋さんの退魔士の黒い着物が、見るも無惨に裂けていく。その下にある皮膚には無数の裂傷が生まれた。

もうやめて、再びそう叫ぼうとした、その時。

「……真琴さん」

呪符で玲二さんの拳を防いだ千尋さんが、静かに呼びかけてきた。焦燥に駆られていた私は、我に返って千尋さんを見やる。

千尋さんは私に背を向けていた。

その佇まいは、まるで消え入りそうなほど寂しく見える。

「今まで、騙《だま》していてすみませんでした。できれば……見ないでください」

それは——どこか、別れの言葉が持つ響きに似ていた。

私が何か答えるよりも早く、目の前が眩しい光に包まれた。

「っ、ぁ……！」

目を開けていられないほどの光量が、四方八方から押し迫ってくる。

「千尋さんっ……！」

それでも私は見なければ、と思った。

この目で見えざる者を、視てきたように。

千尋さんの秘密を最後まで見届けなければ、という使命感に駆られた。

光の中、千尋さんは静かに佇んでいた。

その肌には白い鱗がびっしりと生えている。

眼鏡の奥の瞳は、黒から鮮烈な青に染まっていた。

やがて、その全身も光の中に消えていく。

「待って……！」

私は必死に手を伸ばした。

その先に現れたのは――巨大な龍だった。

「え――」

白い龍が森の中から天に向かって、昇っていく。

思わず言葉を失うほど、その姿は美しく、儚く――どこか物悲しい。

龍は尾を引く鳴き声を上げて、天高く舞い上がる。

いつのまにか空には分厚い雲が垂れ込め、ぽつりぽつりと雨が降り出した。

白い龍が、か細い声を上げる。

瞬間、黒い空がぱしっと小さくひび割れた。雷だ。

本来なら近くの樹を打つであろう雷は、放たれた矢のように玲二さんの背中に吸い込まれていく。

「ぐっ――」

小さく呻いて、玲二さんは俯せに倒れた。思わず駆け寄り、助け起こすと――玲二さんは昏倒していた。

それで――終わりだった。

「これが……あの方の、半身――」

鈴さんもまた白い龍を見上げていた。圧倒されているようだ。

雨はぽつりぽつりと降り続き、やがて大きい雨粒となって地面に降り注ぐ。

私は息もできないほど、強く胸を締め付けられた。

「……まるで、泣いているみたい……」

白い龍はしばらく雨空を漂っていた。

行き先も帰り道も分からず彷徨う、迷子のような声を上げながら――。


時刻が午後七時を回った頃、ようやく小雨が止んで、雲間から月が顔を覗かせた。

私は台所から差し込む月光を、目を細めて見つめる。

簡単な食事を用意し終えたところへ、ふわりと風が吹き込んだ。背後を振り返ると、いつものスーツ姿の狭霧さんが現れた。

「真琴くん、すまなかった。肝心なところで手助けできなくて」

狭霧さんは珍しく表情を曇らせていた。私は緩く首を横に振った。

「いえ、そんな。一応、解決した……と思いますから」

自然と、脳裏にあの後のことが過る。


――白い龍はしばらくしてから、千尋さんの姿に戻った。

「すみません」

雨に濡れそぼる私たちを見て、千尋さんは深々と頭を下げる。そして黒い羽織を脱いで、鈴さんとその赤ちゃんを守るように覆い被せた。

「真琴さんには、お貸しできるものがなくて……」

「……いえ、私のことは気にしないでください」

千尋さんは私と目を合わせないまま、懐から何も書かれていない正方形の和紙を取り出した。それを紙飛行機のように折りたたみ、空中に飛ばす。紙飛行機は瞬く間に一羽の白い鳥となり、雨模様の中をものともせず東の方へ飛んでいった。

「あれは……」

「式です。一応、英本家に連絡を入れました。……久遠玲二の処遇も合わせて窺います」

言うと、千尋さんは玲二さんの方へ向かった。玲二さんもまた人の姿に戻っていた。破れたコートからむき出しになっている人の腕だけが唯一、鬼へと変化した事実を物語っている。

千尋さんは気絶している玲二さんの額に呪符を張り、背に担いだ。気を失っている成人男性一人は相応の重さがあると思うけど、呪符の効力のおかげか、千尋さんは難なく玲二さんを支えている。

「英家か久遠家の遣いが来るはずです。極楽寺の駅まで送り届けます。すみませんが、お二人だけで下山できますか？」

すると、立ち上がったのは鈴さんだった。

「……はい。真琴さんは、必ず私が無事にお送りします」

千尋さんは鈴さんに頷いて、私たちの後ろにある山の斜面を下っていった。それは崖といっても差し支えない角度だったけれど、千尋さんはまるで舗装された道路でも歩いているかのように、悠々とした足取りで姿を消した。

「千尋さん……」

カーディガンやワンピースが雨を吸って、冷たく肌に張り付いている。

——帰ってきて、くれますよね……？

消えた背中をそれでもじっと見守っていると、鈴さんが優しく声をかけてくれた。

「きっと、大丈夫です。遠原さまや真琴さんが信じた方なのですから」

「はい……」

正直なところ、それでも不安は消えず、私は深く俯くように頷いた。

青白い月明かりが差し込む台所で、事の次第を聞いた狭霧さんは、眉間をもみほぐしながらふうっと大きな溜息を吐いた。

「そうか……。鈴さんとお子さんはどうしてるんだい？」

「帰ってきてから、鈴さんは倒れ込んでしまって。きっと気を張っていたんだと思います。今は二階でお休みになってます」

「そして、千尋はまだ帰ってきていないと」

「……はい」

私は脱いだエプロンをぎゅっと握り締める。狭霧さんはそんな私を元気づけるように、肩を軽く叩いた。

「やはり……千尋は君に話していなかったんだな。半妖のことを。驚かせてしまったな」

「いえ、そんな――」

続く言葉が見つからず、口ごもっていると、狭霧さんが滔々と話し始めた。

「千尋は退魔士の父と白蟒蛇《しろやまかがち》の母との間に生まれた、英家で唯一の半妖だ。妖魔は本来、退魔士の敵だろう？　千尋は英家の中でもつまはじきものだった。両親ともに亡くなってからはさらに居場所がなくなってね、それで高校卒業と同時に本家を出奔したのさ」

そうか、だから千尋さんはシンさんが来た時、人とあやかしの婚姻に反対していたのか。

伴侶が辛い思いをしてしまうかもしれないから。

そして――生まれてくる子供が、自分と同じ茨の道を歩むことになってしまうから。

「私はその昔、千尋の母君には世話になっていたんでね、自分になにかあった時、あれを見守るよう頼まれている。千尋には偶然を装って知り合ったが。まぁ、ばれているだろうな」

自嘲気味に言うと、狭霧さんはさらに続けた。

「調べたところ、久遠玲二も似たような境遇だ。だが奴は千尋と違い、意地でも家に居座り続けたようだ。ただ半妖に冷たいのは、久遠家も同じだ。そこで鈴鹿御前の血を引く鈴さんを調伏し、名を上げようとした。あるいは真琴くん、君との婚姻を狙った」

「はい……。玲二さん本人もそんなことを言っていました」

「千尋を卑怯者と罵ったようだが、私に言わせれば馬鹿げているね。居場所は自分で選べば良い。鳥だって、冬は温暖な気候の地に渡るじゃないか。それと同じだ」

少しばかりの怒気を滲ませる狭霧さんに、私は淡く微笑んだ。

「狭霧さんは……本当に千尋さん思いなんですね」

「君もな、真琴くん。心配しなくてもいい、千尋は必ず帰ってくるよ、ここへ」

ちらちらと視線を玄関の方へ向けていたのが、ばれていたのだろう。にやりと口の片端を上げる狭霧さんに、私は少し恥ずかしくなって俯いた。

そこへ玄関の方から、かりかりと小さな音がした。

千尋さんかもしれないと思い、狭霧さんと連れ立って台所を出ると、玄関の引き戸の磨り硝子に小さな白い影が映っていた。戸を開けると、そこには木霊さんがいて、磨り硝子を前足でこすっているのだった。

「木霊さん、どうかしたんですか？　あっ、お掃除ですか、ごめんなさい、今は……」

「そんなことより、真琴どのっ」

続いて横手から、すいっと人影が現れる。長い髪の少女、さとりちゃんだ。

「ちひろかえってきたよ」

私は目を見開き、慌てて玄関を出た。木霊さんの脇を抜け、全速力で庭を通り抜ける。ちょうど門を後ろ手に閉める千尋さんが見えた。どこかで着替えてきたのだろうか、シャツにデニムといういつもの簡素な服に変わっている。

私は息を切らして、千尋さんに駆け寄った。俯いていた千尋さんはゆっくり顔を上げる。

「真琴さん……」

「おかえりなさい」

胸がいっぱいになって、感情が溢れかえりそうになる。私は心臓の上のあたりで、ぎゅっと手を握り合わせた。

「おかえりなさい、千尋さん」

千尋さんは少し気の抜けたような顔をしていたが、やがて眉を下げ、口元を緩めた。

「……ただいま帰りました」

私は目尻に涙が滲むのをなんとか堪えて、顔を綻ばせた。


居間の食卓に、私がありあわせのもので用意した、簡素な食事が並ぶ。私と千尋さんと狭霧さんと――いつもの三人で食卓を囲んでいると、ようやく気分が落ち着いてきた。

「そうか。玲二は久遠家に引き渡しの上、処遇を決める。真琴くんのことも諦めた、と？」

「ええ。前者は間違いないです。ただ後者は少し怪しいかと」

「退魔士の家なんてそんなもんだ。気にしていたらキリがないさ」

インゲンのごま和えをつまみながら、狭霧さんが言う。

「まぁ、真琴くんは千尋の奥方なんだ。久遠家もそう簡単に手出しできないだろう」

千尋さんは曖昧な表情を浮かべて、それには何も答えなかった。

そこへ、襖がかすかに開いた。わずかな隙間をみつけて、縫うように身をくぐらせて居間に入ってきたのは、たまちゃんだった。

なぁお、と鳴き、金色の双眸でこちらを見つめるたまちゃん。私は食卓を振り返った。

「きっと鈴さんが目を覚ましたんです。たまちゃんに二人をお願いしていたから」

「なるほど」

千尋さんは箸を置いて、立ち上がる。一方の狭霧さんはまだお腹が満たされていなかったのか、冬眠前のリスのようにできるだけ食べ物を詰め込み始めた。

「んぐんぐ……っと。よし、食べた。じゃあ、早速お見舞いと行こう！」

「お願いですから、はしたない真似はやめてください」

元気よく拳を振り上げる狭霧さんに、呆れたように指摘する千尋さん。そんな二人を見ていると、私も自然と肩の力を抜くことができた。

鈴さんたちのいる部屋へ向かう途中、狭霧さんが隣を行くたまちゃんに話しかけていた。

「お前さん、鈴さんたちのいる山小屋も知っていたんだって？　すごいじゃないか」

たまちゃんは自慢げに「にゃあお」と鳴いている。

狭霧さんとたまちゃんの微笑ましい会話を聞きながら、私は二階の廊下を進み、鈴さんが休んでいる部屋の前に立った。

「鈴さん、真琴です。お目覚めになってますか？」

「あ……はい」

襖越しなのでくぐもってはいるが、割とはっきりとした声音が聞けて、ほっとする。

「すみません、入ります」

そう声をかけてから、襖を開ける。

鈴さんは布団の中で身を起こしていた。赤ちゃんはその横ですやすやとまだ眠っている。

「お加減はいかがですか？」

「はい、おかげさまで。ごめんなさい、急に倒れてしまって……」

「無理もないです。私の方こそ、下山を手伝っていただいて、ありがとうございました」

鈴さんの隣から、ふえふえ、と泣き声が聞こえて来た。急に人が増えたからだろうか、いつのまにか赤ちゃんが目を覚ましていた。鈴さんが優しく、その体を抱き上げる。

「あっ、もしかしてお乳の時間ですか？　なら、私たち……」

「いえ、多分、まだ眠たいんだと思います」

鈴さんの腕の中で揺らされていると、赤ちゃんは再び健やかな寝息を立て始めた。

赤ちゃんの様子が落ち着いてから、鈴さんは私たちを順番に眺めた。

「みなさん、本当にありがとうございました。なんとお礼を言っていいのか……」

「俺は遠原の代理ですから。気にしないでください」

遠原さんの名前を聞いて、鈴さんの目元が僅かに潤む。

「ありがとうございます、英さま。……私、遠原さまが亡くなって、今度こそ、この世に一人きりだと思っていました。誰も頼ることはできないと。でも違ったのですね。あの方が残してくださった関わりが、私を救ってくれた……。本当にありがとう……」

千尋さんは淡い微笑みを浮かべ、鈴さんのかたわらに片膝をついた。

「ええ、それになによりも、あなたにはこの子がいます。遠原の遺したかけがえのない命が」

みるみるうちに鈴さんの目に涙の膜が張り、すべらかな頬をほろりと雫が落ちた。

「そう……そうですよね。私、一人きりでこの子を守らなきゃって、ずっと――」

赤ちゃんをまた起こしてはいけないと、鈴さんは声を押し殺して泣いた。

「本当なら、この極楽寺の地に私がやってきてはいけなかったのです。けれど、この子をどうしても遠原さまに見せたくて。叶わないと知りながら、それでもあの方の魂はこのお家に戻ってきているような気がして……」

私は震える鈴さんの背中をゆっくりとさする。

「だから、あの近所のお家に住んでいたんですね」

「はい。……さっき眠っている間、夢を見たんです。寝ている私とこの子を、遠原さまが温かく見守ってくれている夢を。そうしたら、私……」

「鈴さん――」

「どうしても、思ってしまうのです。叶うなら……願わくば……」

鈴さんはかすかに目を開き、涙交じりに言う。

「一目でいいから、遠原さまとこの子を会わせたい……。そう思ってしまうのです――」

部屋には鈴さんのすすり泣く声ばかりが響く。

鈴さんの切実な願いを前に、私は……無力だ。

しかし──

「──だ、そうだよ。遠原幸壱くん」

狭霧さんが唐突に言うのに、部屋にいた全員の視線が集まる。

「そろそろ姿を現してもいいんじゃないかな？」

私たちが呆気に取られている間、しばしの沈黙が降りた。

──とことこ、と。

部屋の中央、鈴さんがいる布団のそばに進み出たのは、たまちゃんだった。

たまちゃんはじっとその場に佇んでいたが、やがて二股の尻尾をゆらし、「なぁお」と一言鳴いた。

私は見た。たまちゃんの金色の瞳が、黒く染まっていくのを。

そしてその体から、ゆらりと煙のように人影が立ち上るのを──

「あ……」

「っ──！」

鈴さんが呆然とし、千尋さんが息を呑む。

微動だにしないたまちゃんの目の前に、見たことのない男性が現れた。

眉毛が太めで、目尻が垂れ気味で、とても優しそうな顔立ちをしている。すらりと高い背は千尋さんと同じぐらいだろう。

まさか、この人が……遠原さん？

狭霧さんは我が意を得たりとばかりに頷く。

「ふむ。やはり、その猫又に憑依《ひょうい》していたんだな」

『ええ、優しい子ですから。しばらく体を貸してくれていたんです』

そうか、たまちゃんが鈴さんの居場所に私たちを導いてくれたのは、そこに行ったことがあるから――

鈴さんならそこにいるだろうと、踏んでいたからだったんだ。

『――お久しぶりです、鈴さん』

「とおはら、さま……遠原さま……！」

鈴さんはぽろぽろと大粒の涙を流し、顔を伏せてしまった。遠原さんが優しく肩をさすったが、しばらくは落ち着きそうにない。遠原さんは微笑を漏らし、背後を振り返った。

そこには茫然自失の体で立ち尽くしている、千尋さんがいた。

『千尋も、久しぶりだな』

「お前……。じゃあ、この猫又は……」

『ああ、俺たちが助けたあの子だよ』

以前、クレープ屋さんで聞いた、千尋さんと遠原さんの出会いの話が頭を過る。

三毛猫のオスなんて珍しいと思っていたけれど。たまちゃんはあの時の猫又だったんだ。

「急に、こんな……。どうしてもっと早く言わないんだ、お前は！」

『それには色々、訳があるんだ。許してくれ』

混乱する千尋さんを見て、遠原さんは困ったように頬を掻いた。

『それよりも約束通り、家を守ってくれてありがとう、千尋。おかげであやかしたちの居場所がなくならずに済んだ』

「俺は……そんな……っ」

千尋さんも鈴さんと同様、言葉が詰まって出てこないようだった。遠原さんはまた微笑をして、今度は私の方を振り返る。

『真琴さん、あなたにも心からお礼を。親友を支えてくれてありがとう』

まじまじと見た遠原さんの笑顔が、どこか記憶の奥底で引っかかる。

刹那、頭の中に小さな電流が走った。

「あ——あなたは、もしかして、あの時の」

脳裏に浮かぶのは、六年前。叔父の家に引き取られたばかりで泣いていた私を、元気づけてくれた年上の男の子だ。

「私が小学生の時……あなたが高校生の時、私、瑞穂町であなたと——！」

『覚えていてくれたんですね』

遠原さんは少し照れくさそうに笑う。その後ろから千尋さんが言った。

「じゃあ、真琴さんが昔、出会ったのは、遠原……？」

『ああ。……真琴さん、あれからあなたのことがずっと気に掛かってました。俺も昔は見えざるものが視える、そのことを気味悪がられることがありましたから』

「遠原さん……」

『そこに千尋へ縁談が舞い込んだのを、猫又の身で知りました。相手があなただと分かって、驚きました。あなたは親戚に引き取られて、きっとずっと辛い思いをされていた。千尋は家守をしてくれていましたが、退魔士であることがあやかしたちを遠ざけていた。勝手だけど、俺は……あなたたちにはお互いが必要だと感じたんです』

千尋さんは最初、お見合いを断ろうと思っていたらしい。けれど、たまちゃんに導かれて、私に会ってくれた。そして一緒にこの家を守って欲しいと言ってくれたんだ。

「……遠原、さま……」

涙にかすれた声が、遠原さんを背後から呼んだ。鈴さんはその姿を見て、収まりかけていた涙を再び滲ませる。

「さっきよりも、お体が透けて――」

鈴さんの言葉で、私や千尋さんもはっと気がついた。遠原さんの体の向こうに、部屋の障子が透けて見える。遠原さんは鈴さんの方に振り返り、微笑んだ。

『この状態は長くはもちません。俺はもう魂だけの身ですから』

「遠原くん。今まで姿を現さなかったのは、一度きりの機会だからだということかい？」

『ええ』

狭霧さんの指摘に頷いた遠原さんは、ゆっくりと鈴さんに歩み寄った。なんとか立ち上がろうとする鈴さんの肩に優しく手を置き、とどまらせる。遠原さんは片膝をつくと、鈴さんと――そして母の腕の中で眠る赤ちゃんに、温かい視線を送った。

『まだ信じられません。これが俺の子……』

「はい……はい、そうです。遠原さま――」

感無量といった様子で鈴さんが頷く。遠原さんは赤ちゃんの頭を優しく撫でた。

『……ありがとう、鈴さん。おかげでもう思い残すことはない』

「っ、そんな、遠原さま……！」

縋る鈴さんから離れ、遠原さんはすっと立ち上がる。その姿はゆらめいて、今にも消えてなくなりそうだった。

「待って、私……何も伝えられていません。感謝も、謝罪も、何も――」

『大丈夫、あなたのお気持ちは十分に伝わっています。鈴さん、こちらこそ感謝を』

そうして遠原さんは私と千尋さんを振り返った。

『千尋、真琴さん、本当にありがとう。願わくば二人が思う道をゆけることを』

そこへ「なぁお」と鳴き声がした。たまちゃんが遠原さんの足下にすり寄っている。遠原さんはたまちゃんを愛おしそうに抱き上げた。

『ああ、そうだ。君にも世話になった。体を貸してくれてありがとう』

遠原さんはたまちゃんを畳の上にそっと下ろすと、私たち全員に向かって微笑んだ。

『さようなら。きっと必ず……天からあなたたちを見守っています』

刹那、遠原さんの体は空気に溶けるようにして、消えた。

誰もなにも言葉が出てこなかった。

たまちゃんが首を傾げる。

その首元で、りん、と鈴が鳴った。

儚くもあたたかなその音色は、さよならの響きによく似ていた。


——七月があっという間に過ぎていった。

六月末に始まった梅雨は、七月半ばには明けた。それを見計らったように暑さがやってきて、八月に入ると、蝉の大合唱が始まった。

八月のはじめ。半袖のブラウスにシフォンスカート姿で、私は玄関先に打ち水をしていた。

木製の手桶から柄杓で水を撒いていると、庭の方からよたよたと白い犬がやってきた。

「真琴どのぉ……水、水を……」

「木霊さん、大丈夫ですか？」

木霊さんはへろへろとその場に倒れ込んでしまった。私は駆け寄って、手桶の中の水をすくって木霊さんの口元に持って行く。しかし木霊さんは、

「私ではないのです、樹に……樹の根元に……」

「あっ、そうでした」

木霊さんは庭に植えてある桜の樹の精霊だ。私はぐったりと横倒しになっている木霊さんを抱きかかえると、急いで庭に駆けていく。

ぼこぼこと地面から出ている樹の根に、手桶の中の水を全部ぶちまける。

少しして、木霊さんは「わんっ」と吼えて立ち上がった。

「おお……生き返りましたぞ！」

「良かったです」

元気を取り戻した木霊さんを見て、私はにっこり微笑んだ。

あやかしの中にはこうして樹や花を好む者も多いという。ここはあやかしが集い、憩う家だ。彼らのことを思うと、先に庭の水遣りを優先した方がいいのかな、と考え込む。

「それにしても暑いなぁ……」

独りごちて、私はぱたぱたと手で顔を扇いだ。ふと門の外を見ると、アスファルトで舗装された道路にゆらりと陽炎が立っているのが見えた。

――その中に、昨日の光景が浮かび上がる。

遠原さんの魂が天へと昇ってから、ちょうど一か月。

遠原邸で養生していた鈴さんと赤ちゃんは、ここを巣立つことになった。

「もう少しゆっくりしていかれたらいいのに……」

心配半分、寂しさ半分で、私は言った。隣にいる千尋さんも頷いている。赤ちゃんを抱っこしながら、まとめた荷物と一緒に玄関先に立つ鈴さんは清々しい顔をしていた。

「そうは言っても、家は近くですから。それにすぐまた『真琴さん、どうしよう。壮壱《そういち》が泣き止まない～！』って助けを呼ぶかもしれませんよ？」

鈴さんはそう言って、いたずらっぽく笑った。

この一か月間は結構大変だった。赤ちゃん――壮壱くんと名付けられたこの子――のお世話に私と鈴さん、それに千尋さんまでもがてんやわんやだった。

大変だったけど――それでも、楽しかった。

そんな生活にも慣れ始めた頃だったのに――。

まだ心配顔の私を、逆に鈴さんが元気づけるように言う。

「ありがとう、真琴さん。でもなんとなく一か月で区切りをつけようと思っていたんです。ここにずっといると……空から見ている遠原さまが心配されるかもしれないから」

「鈴さん……」

鈴さんは私の隣に立っていた千尋さんにも視線を送る。

「真琴さんも、英さまも……本当にお世話になりました。このご恩は一生忘れません」

鈴さんの腕の中から「あだぁ」と声が聞こえた。つるんとした赤ちゃんの額には小さな角が生えている。

「壮ちゃん……元気でね」

泣くまいと目頭に力を込める。それでも体が震えていたのだろう、千尋さんが慰めるようにぽんと私の肩に手を置いた。

「何かあったら、すぐに報せてください」

「はい。では……失礼致します」

鈴さんはぺこりと頭を下げた。そうして玄関を出て、門の外へと消えていったのだった。


――ミーンミーン、という蝉の大合唱に、私はハッと意識を現在に引き戻された。

熱い日差しが頭上に降り注いでいる。少し休んだ方がいいかもしれない、と思い、木霊さんの樹の木陰を借りることにした。

木漏れ日がまるで光を受けた水面のように揺れている。影と光の狭間で、私はじっと自分の足下を見つめていた。

――『願わくば二人が思う道をゆけることを』――

遠原さんは私たちにそう言い残してくれた。

その意味を、この一か月間、ずっと考えてきた。

私は……ここにいていいいんだろうか。

今、木の幹に寄りかかっているように。

重なり合う木の葉が、日差しを遠ざけてくれているように。

千尋さんに守られてばかりの私は、このままでいいいんだろうか……？

「真琴どの……？」

木霊さんが私に呼びかける。心配そうな声色に、なんでもないですよ、と反射的に返そうとしたその時、「あっ」と声をあげて木霊さんは桜の樹に溶けて、姿を消してしまった。

「え？」

思わずきょろきょろと辺りを見回すと、私の他にもう一つ庭に人影が落ちていた。

「まだ俺は怖がられているようですね……」

溜息交じりにそう呟いたのは、千尋さんだった。いつもの簡素なワイシャツにデニム姿だ。変わったのはワイシャツが半袖になったことぐらい。

「あはは……。木霊さん、ああ見えて怖がりさんなところがありますから」

「まぁ、いいです」

千尋さんは眼鏡の弦をくいっと押し上げると、私に向き直った。

「休憩なら、一度、家の中に戻られては？」

「いいえ、大丈夫です。もう少し草木に水遣りをしようかなと思っていたので」

「そうですか。……では、このまま少しだけお時間いいですか？」

改まってそう言われ、なんだか緊張する。なんのお話だろう……。

ぴしっと背筋を伸ばし、私が頷くと、千尋さんは話を続けた。

「先日から連絡していた遠原のご親戚から返事が来ました。この家をどうするか、という相談をしていた――」

「ああ……」

遠原さんが亡くなったと判明した後、千尋さんはその処理を一手に引き受けていた。あやかしの騒動に巻き込まれたというのは現実的じゃない話だけど、そこは英家が全て根回ししてくれたらしい。千尋さん曰く、本家はそういったことに手慣れているのだとか。

とにかく遠原さんは山中の事故で亡くなったという筋書きになり、ささやかながらお葬式が行われた。そこで千尋さんは遠原さんの親戚の方と、この家の処遇を話し合っていた。

「結論から言うと、管理できないので売却するんだそうです」

「そう、ですか……」

私は自然と俯いてしまった。

そうなる気はしていた。件の親戚の方は東北に住んでいる、お歳のいったご夫婦だった。とても引っ越してきたりすることはできないだろうな、と。

このお屋敷は知らない誰かの手に渡ることになるのだろうか。

その誰かがあやかしを視ることができる……なんて都合のいい話はきっとない。

遠原さんたちが代々守ってきた、あやかしの集う場所。

こんな素敵な場所が、なくなってしまう――。

そして、何よりも――私と千尋さんの『家守』生活も終わりだ。

「真琴さん」

千尋さんがいつにもまして真剣な声で言う。

「約束通り、生活の資金、それに大学の学費もお支払いいたします。今まで、俺とこの家を守ってきてくださって、本当にありがとうございました」

「……私、私は……」

言葉が続かず、黙りこむ。私は足下を見つめたまま動けなかった。

でもこれ以上、千尋さんに迷惑をかけちゃいけない。

ぎゅっと目を閉じて、気持ちを切り替える。なんとか微笑もうとして顔を上げるけど、引きつった表情にしかならない。

それでも——一人で、進まなきゃ。

思う道を、ゆけるように——。

「——けど」

千尋さんが力強く一歩前へ踏み出した。

「真琴さんさえよければ……これからもここにいてくれませんか？」

我が耳を疑う。私は目を丸くして尋ねる。

「どういうことですか？」

「買いました」

「え？」

「この家を、買ったんです」

売っていたから、買った。当たり前のことのように千尋さんはそう言った。

「最初は遠原が帰ってくるまで、と考えていました。けれど今は、遠原の遺志を継ぎたい。

あの世の遠原が望もうと望むまいと、俺自身がそうしたいと思ったんです」

「千尋、さん……」

「でも、俺には一人でこの家を守れる器量がありません。さっきもあやかしに逃げられました。きっと退魔士である前に、人として未熟なのでしょう」

「そんな……千尋さんが未熟なら、私なんて」

地面の木漏れ日がふと消える。太陽が雲間に隠れて、影が掻き消えていた。

「私なんて……どうしたらいいんですか。一人で歩くことが怖い。そんな当たり前のことも、ままならない……」

私はシフォンスカートをぎゅっと握った。遠原さんがああ言ってくれたのに、道が分からず立ち尽くす私を、遠原さんは、そして千尋さんはどう思うだろうか……。

それが、私には一番、怖い――。


「――なら、俺が支えます」


さぁっと夏の風が、木の下を吹き抜けた。

太陽が再び顔を出して、辺りに光が戻る。

私はゆっくりと顔を上げ、千尋さんを見つめた。

「真琴さんがずっと俺を支えてくれていたように。俺も真琴さんを支えます。そもそも誰しも一人で歩けるほど強くないと……俺は思います。人もあやかしも、隣り合って、支え合うように生きているのだから」

千尋さんは眼鏡の奥の瞳を、ふいに曇らせた。

「ただ……少し迷います。あなたがいるべきは、ここでいいのか」

私は訳が分からず、首を傾げた。千尋さんはぎゅっと目を眇める。

「俺は半妖です。自分でも御しがたい巨大な力を持つ……化け物です」

「そんなこと関係ありません。千尋さんは、私を守ってくれました。あの時の言葉通りに、私の心を守ってくれました」

「……そんな風に言ってくれて、ありがとうございます」

千尋さんはまだ沈痛な面持ちで、話を続ける。

「ただ、俺は遠原のようにできた人間じゃありません。幼いあなたを……慰めた恩人でもなんでもない。たまたま――遠原に導かれて、見合いに来ただけの男です」

「私も……一つだけ聞いてもいいですか？」

いつかお見合いの席で口にした疑問を、もう一度尋ねる。

「千尋さんはどうして私を選んでくれたんですか？　まやかしとはいえ、大事な伴侶に。家守をする相手に」

「……もちろん、九慈川家のことは関係ありません。見鬼の才は頼りにしましたが、それよりも……俺は……俺は」

　体の横で、千尋さんはぎゅっと拳を握り締めた。

「ただ――あなたを放っておけなかったんです。悲しげに……いっそ、苦しげに泣くあなたを。助けて欲しいと懇願するあなたを。当時は色々それらしいことを並べ立てましたが、結局は安易な同情心です。すみません、気を悪くされたらと思うと、言えなくて」

　私はゆっくりと首を振った。

「ありがとうございます、千尋さん。私は……あなたのその優しい心に救われたんです」

「真琴さん……」

　千尋さんは静かに目を閉じた。

「最初はそうでした。けれど、今は――真琴さん、俺はあなたがいいのです」

　そして瞼が再び開くとき、黒い双眸の奥には決意の灯があった。

「これは俺のわがままです。あなたが応じる必要はありません。けど、どうかお願いします。今まで通り、俺のそばにいてくれませんか」

　不意に目の前が滲んだ。

　熱い雫があとからあとから頬を伝う。

　私は嗚咽を漏らすまいと、必死に口元を押さえた。

「い、いいんで、しょうか……。私は、ここにいても、いいんでしょうか……」

「……ええ、あなたが望んでくれるなら」

　千尋さんが私に歩み寄ってきて、両の肩に優しく手を置く。

「隣にいてくれなければ、支え合うことができないのですから」

冷え切っていた肩に、伝わるぬくもりが温かい。私は体を折って、しばらく泣いていた。

そこへ、

「――おっめでとーう！」

底抜けに明るい声が響き渡ったかと思うと、頭上から白い花びらが落ちてきた。

何かと思って上を仰ぎ見ると、木霊さんの樹が満開の桜の花をつけていた。

さっきまで青々と茂っていた葉が、見えないほどの満開の桜だ。

一気に白く霞む周囲の景色に、そして季節外れの見事な光景に、私は息を呑む。

風が舞い散る花びらを巻き上げた。渦を巻く花の中から現れたのは、狭霧さんだった。

「やあやあ、ご両人。やっとここまで来たか！」

「……何をしてるんですか、これはなんの騒ぎです？」

「この樹の精霊をどやしつけて、お祝いの花吹雪を用意したんだ」

狭霧さんに迫られて、涙目でぶるぶる震えている木霊さんの姿がありありと浮かぶ。

「いやはや、それよりも。いきなりプロットを変えるなんて言い出したから、どんな心境の変化かと思ったらそういうことか。君も、君の美冬を行かせたくなかった、と」

「え？　美冬さん、お別れしなくなるんですか？」

「ああ、主人公の下に留まる展開になったよ。この前、急に電話がかかってきてね」

「さ、狭霧さん。秘密保持契約違反です！」

「奥方に秘密保持もなにもあるもんか。そんなことより、これからも君らは一緒にいるつもりなんだな。添い遂げるつもりなんだな！」

千尋さんは私から一歩距離を取り、こほんと咳払いをした。

「そ……そういうわけではありません。嫁入り前の娘さんになんてことを」

千尋さんはずれた眼鏡のフレームを直しながら、呟いた。

「こ、これは……その。あれです。契約更新、というやつです……」

「はぁ？」

思いっきりしかめっ面をする狭霧さんに、千尋さんは「うっ」とたじろぐ。私は千尋さんのそばに立って、うんうんと頷いた。

「はい、無事更新されました。狭霧さん、これからもよろしくお願いします」

「……えぇー、マジ？　ちょっと君らの面倒見るの嫌になってきたゾ、狭霧サンは」

「そ、そんなこと言わずに。ほら、今日のお昼ご飯は夏野菜カレーですよ」

「うむ、手を打とう！」

「何様ですか？」

舌をペロッと出して、指をパチンと鳴らす狭霧さん、千尋さんはすかさず文句を挟む。狭霧さんはその冷ややかな視線から逃げるように、母屋へ歩いていってしまった。

お客様が来てしまったし、水遣りは後にしよう。そう思って、私は木陰を出た。

しかし千尋さんは立ち止まったままだ。私はくるりと振り返る。

「千尋さん?」

「いえ、その……」

夏の熱気に当てられたのか、千尋さんの頬が若干赤い。すぐに冷茶を出した方がいいかもしれない、と思っていると。

「……なんでもありません。真琴さん、これからもよろしくお願いします」

律儀にぺこりと頭を下げる千尋さんに、私は微笑交じりに返事をした。

「はい、こちらこそよろしくお願いします、千尋さん!」

あとがき

はじめまして、もしくはこんにちは。住本優と申します。

このたびは本作『あやかし屋敷のまやかし夫婦』をお手にとっていただき、誠にありがとうございます。

簡単に自己紹介をさせていただきますと、私は『最後の夏に見上げた空は』という作品でデビューし、そこから実に十七年、商業出版の世界からは遠ざかっていた作家でした。

そんな私がご縁あって、ことのは文庫様でこうして本を出せたこと、本当に嬉しく思います。個人的には「超絶怒濤の奇跡だな！」と思っております。

本作は「あやかしもの」「契約夫婦もの」といった親しみやすい設定を土台にしつつ、私なりにあれやこれやとこねくり回した物語となっております。

奥さんの名前は真琴。幼い頃に両親をなくし、叔父さんに引き取られて育ちました。あやかしが視える体質もあって、悲しいけど厄介もの扱い。十八歳になって家を追い出されそうになったところを、お見合い結婚します。ちょっと自分に自信なさげな子です。

旦那さんの名前は千尋。親友から預かった、あやかしが集い憩う屋敷の『家守』をしています。職業は小説家。あやかしの視える真琴に出会い、『家守』を手伝ってもらうため、契約結婚します。そんなにおしゃべりな方ではなく、淡々と落ち着いた性格です。

じれったい恋模様やあやかしがお好きな方は、是非どうぞ！


この場を少しお借りして、お礼を申し上げたいと思います。

担当編集の尾中さま。本当に本当にお世話になりました。あたたかいお人柄とばりばりお仕事をこなすお姿に「私もがんばらなきゃ！」といつも励まされています。

装画をしてくださったajimita先生。美麗なイラストで本作の表紙を飾ってくださり、ありがとうございます。ふんわりとした色使いが大好きです。

本作の出版において、ご尽力くださったマイクロマガジン社の各部署のみなさま、デザイナーさま、校閲者さま、印刷所さま、書店さま。先読みレビューをくださったみなさま。

そしてなによりこの本をお読みくださった、すべてのみなさまへ。

本当に本当に、ありがとうございました。

大変なこのご時世ではございますが、どうか健やかにお過ごしくださいませ。

二〇二二年　三月吉日　住本優

ことのは文庫

あやかし屋敷《やしき》のまやかし夫婦《ふうふ》
家守《いえもり》とふしぎな客人《きゃくじん》たち

2022年3月27日　初版発行

著者　住本優《すみもとゆう》

発行人　子安喜美子

編集　尾中麻由果

印刷所　株式会社広済堂ネクスト

発行　株式会社マイクロマガジン社
URL：https://micromagazine.co.jp/
〒104-0041
東京都中央区新富1-3-7 ヨドコウビル
TEL.03-3206-1641 FAX.03-3551-1208（販売部）
TEL.03-3551-9563 FAX.03-3297-0180（編集部）

本書は、書き下ろしです。
定価はカバーに印刷されています。

ISBN978-4-86716-264-4　C0193
乱丁、落丁本はお取り替えいたします。